二

이
방
인
의

춤

이
방
인
의
춤

김
수
우
산
문
집

作
가
의
말

무수한 타자의 귓속말을 위하여

짧은 이야기가 담긴 이 글들은 자전적 요소가 담긴 세계의 단면이다. 이 쪽거울 같은 단면들이 산마루가 되기도 계곡이 되기도 하면서 내 일상의 겹을 이루었다. 이 책은 그 겹들에 대한 이야기이며, 그 능선을 따라 걷는 겸허한 산책이다. 각 에세이마다 나오는 향이, 솔이, 단이, 영이, 강이 등 여성 화자들. 모두 한 사람의 다른 이름이다. 이들은 단순히 여성이 아니라 이 시대가 필요로 하는 여성성을 은유한다. 여성성이란 성별이 아니라, 생명을 낳고 기르는 모든 신성 곧 물빛 머금은 영원성이 아닌가. 보이지 않는 데서 모든 기도를 숙성시키는 화자들은 영웅이 아니다. 가난하고 단순하고 성실하다. 하지만 '신성'을 입고 잠잠히 이 땅을 걷는다. 이들의 산책과 질문 그리고 명상이 이 책의 겹을 끌고 간다.

모두 한 사람인 이 책 속 화자들은 영도라는 섬을 원점으로 하면서도 유목을 선택한다. 이 산책자들은 부산 영도에서 태어나 성장했고, 대지를 여행하며 순례를 익힌다. 끊임없이 흐르면서 멈춤을 시도한다고 할까. 순례란 타자를 향하여 걷는 발길이다. 긴 만행도 타자를 향한 손길이다. 이 시대에 절실한 영성도 모든 존재의 간절한 미래도 '타자'에게 있다. 타자성 회복은 구름 여행을 닮았다. 끊임없이 우리의 근원을 불러낸다. 모든 소외와 고독은 잔잔히 그러나 여울을 만들며 흘러야 한다. 타자의 통증을 향하여.

버지니아 울프는 『올랜도』에서 우리 속에 있는 다층적인 자아를 보여 준다. "우리를 형성하고 있는 수많은 자아는, 마치 웨이터의 손 위에 차곡차곡 쌓아 올린 접시처럼 서로 포개져 있으며, (⋯) 모퉁이를 돌 때마다 새로운 자기가 있었다."라는 고백은 내 안의 타자들과 마주치는 순수한 응시가 아닐까. 그녀 말대로 우리는 "새 환상을 얻기 위해 이전의 환상을 버리면서" 탈주선을 만든다. 흐름. 그 채색된 밧줄들. 그 파장과 맥박들. 그 점선과 실선들. 그래서 하나의 장면을 오래 바라본다. 기다림이 답이었다. 응시와 기다림은 믿음에서 나온다. 의심조차도 얼마나 절실한 믿음인가.

세상은 내게 탄생 이전에 주어진 거대한 선물이었

다. 멋있게 살아내진 못했지만 알맞게 행복했고 알맞게 가난했다. 모든 불평에도 불구하고 삶은 내게 찬란했고, 아름다운 인드라망이었음을 고백한다. 내 안에 겹을 이루고 있는 모든 타자에게 절한다. 이 책 속의 화자들처럼 의심을 벗고 깨달으려는 어떤 몰입, 그 골똘한 불안, 매일 곱씹는 출발이 우리를 구원하리라. 그리고 고민한다. 문학에 발톱이라도 들여놓았다면 양심은 어떤 언어여야 할까.

우리는 전 지구적 고통 속에 있다. 크고 작은 위기들은 거대한 우주의 약속을 기억하라는 당부이며, 회복을 위해 소비적 편리를 줄이라는 지구의 부탁이다. 이쯤서 우리는 새로운 방향을 만들 수 있을까. 결국 삶은 양도 질도 아닌, 방향이 우선이다. 그렇게 방향이 길을 만든다. 내재와 초월을 하나로 엮는 큰 기다림과 어떤 흐름을 믿는다. 겹을 여행한다. 영도를 중심으로 도는, 타자를 찾아가는 나선의 아름다운 소용돌이를 믿는다. 겹에서 쏟아지는 저 눈부신 빛들. 춤이 될 수 있을까.

2023년 가을, 감천 수우헌에서
김수우

2부 나는 이방인입니다

3부 촉수의 기억을 살다

*
———

책을 펼쳤다 덮었다. 창문을 열었다 닫았다. 전쟁은 시작되고 끝나고 또 시작되었다. 사건은 분노와 죽음으로 반복되었다. 시간은 미래에서 과거로 순환되고 있지만 아무도 그 실재를 바라보지 못한다. 제 발 앞만 따지는 까닭이다. 꽃은 피고 지고 또 피고 졌다. 시인들은 언어의 골목에서 자주 길을 잃었다. 다친 사람이 너무 많았다. 열심히 살았는데도 늘 가난한 사람들. 한 번도 혁명을 꿈꾸지 못한 채 자유를 잃은 영혼들. 억울한데도 억울하다고 한번 말해 보지 못한 소수자들. 죄도 없이 벌을 받는 뼈와 살 들. 구호 한번 제대로 외치지도 못한 채 잠겨 버린 목소리들. 여자는 의혹의 이끼들이 비단처럼 자라는 것을 보고 있었다.

오늘도 영도 앞바다는 윤슬이 가득하다. 지구를 하나의 수로로 꿰는 심연이 울려 주는 무수한 신호들. 심연의 겹을 드러내 주는 저 파도는 수십억 년의 모든 찰나에 살아 반짝인다. 한 번도 같은 형태였던 적이 없다. '나' 또는 '우리'라는 생명 페이지는 얼마나 두꺼울까. 여자는 자신 안에 펄럭이는 수천 개의 자아를 보았다. 소박한 신비주의였던 걸까. 모든 혼돈을 만나고 싶은 미숙한 실재론자였던 걸까. 양자역학에서 입증하듯 모든 삶은 과거 선택들이 적층된 서로 다른 무한대의 겹으로 중첩되어 있다. 모래 한 알조차 얼마나 무수한 겹을 지니고 있는가. 무한 풍경이 겹을 이룬 한 그루 참죽나무, 여러 가능성이 동시에 작동하는 낮은 책상, 그 겹에서 귓속말을 들었다.

얼마나 다정한가. 그 겹과 겹 사이는 광활하고 깊다. 그 겹에서 여자는 출발하고 도착했다. 절망의 겹 사이로 희망이 걸어가고, 죽음의 겹 사이로 삶이 태어나고,

울음의 겹 사이로 희미한 미소가 자랐다. 순리란 무엇일까. 미나리밭 같은 것일까. 낙타 떼의 발굽 같은 것일까. 도심을 달리는 만원 버스 같은 것일까. 다만 역사라고 부를 수밖에 없는 저 눈동자들. 검푸른 눈길이 여자를 물끄러미 바라보고 있었다.

길을 펼쳤다 덮었다. 바람을 열었다 닫았다. 지루한 투쟁은 시작되고 끝나고 또 시작되었다. 몇 년째 아침 뉴스는 뉴욕 증시와 우크라이나 전쟁을 반복 중이었다. 되풀이되고 되풀이되는 미래, 저 겹들. 겹을 입는다. 그 틈을 걷는다. 꽃은 지고 피고 또 지고 피었다. 억울해도 열심히 산다. 가난해도 부지런히 일한다. 죄 없이 벌을 받아도 구호 한번 외치지 못해도 씨앗을 품는다. 여자는 자기 안의 거대한 하늘, 그 푸른 씨방을 알고 있다. 그 광막한 허공을 가진 사람과 사물을 따라가기로 했다. 그들이 대자연이었다.

나는 바람개비다. 우리 모두 바람개비다. 깡통 자동차는 모든 행인들에게 비밀을 전하는 바람개비처럼 흐르고 있었다. 모든 숲은 그늘을 가지고 있고, 불쑥불쑥 나타나던, 어떤 전생인지도 모를 얼굴도 그늘을 바람개비처럼 돌리는 중일 것이다. 답안지 같은 그늘들. 넌 무엇을 두려워하니. 전혀 모르는 저 표정들은 고생대부터 살아온 얼굴들이고, 원시적부터 불어온 나의 바람들이다.

1부

나의 영도, 나의 제의

때려 부술 수 있는 어느 하루를 위해

한때 우리의 가난은 패기가 있었습니다

작은 숲 잎새 하나하나의 뒷면에 적층된 지질학을 봅니다

그 시절, 때려 부수는 일은 마치 전염병 같았다. 1960년대, 찌들 대로 찌든 가난은 무수한 샛골목을 거느리고 섬의 틈을 비집고 뻗어 나갔다. 막힌 골목이다 싶어도 한 사람이 겨우 지날 만한 미로가 다시 새끼 치며 달동네를 이루고 있는 영도였다. 엉킨 실타래 같은 틈바구니 골목에서 자라면서 향이는 어디든 길이 있고, 길은 결코 막히지 않는다는 이치를 배웠는지 모른다. 공동변소와 공동수돗가는 아홉 가구가 같이 썼다. 거의

단칸방이지만 집집마다 예닐곱이 살고 있어 공동변소는 늘 복잡했다. 함께 똥을 뭉기는 관계가 그다지 불편한 줄도 몰랐다. 물 나오는 날이면 공동수돗가에는 줄세운 양동이 사이에서 제 순서를 따지느라 늘 싸움이 일었다. 고성과 삿대질이 일상이었다.

그 좁은 골목에서는 모두가 전사 같았다. 싸움판이 예사였다. 모두 절체절명의 삶에 매달려 있어서일까. 남자들은 막걸리 한잔 마시고 오면 식구들을 줘패기 일쑤였고, 여자들은 악다구니를 쓰며 살았다. 접시가 깨어지고 냄비가 날아다니는 것도 매일 예상해야 했다. 성냥갑 같은 방들이 다닥다닥 붙어 있는 콜타르 지붕들, 음식 냄새만 맡아도 그 집에서 무엇을 먹고 있는지 다 알아챘다. 얇은 판자벽 틈으로 새어 나가지 않는 것은 없었다. 싸우는 고성이나 접시 깨지는 소리는 살아 있는 순간의 증명이기도 했다. 또 저 집 싸우는구나, 하고 나면, 그다음 날은 오늘은 이쪽 집이구나, 했다. 이튿날 여기저기 드러난 시퍼런 멍자국을 보면서, 저 혼자만 매 맞는 게 아님을 확인할 뿐이었다. 컬러는커녕 흑백텔레비전 한 대도 없는 빈천한 동네, 동네 전체에 라디오 한 대도 있을까 말까 했다. 그래서 동네 모두가 한 덩어리였다. 마치 엉겨 붙은 누룽지처럼 말이다.

그래도 그곳을 떠올리면 향이는 그 빈곤이 떠오르지 않았다. 좁은 골목을 가득 채우던 보름달이 먼저 떠오른다. 세숫대야에 북어를 끼고 삐걱이는 판자로 된 부엌문을 열고 용왕을 섬기려 하던 엄마의 새벽 발자국 소리가 들린다. 구멍 숭숭한 담벼락에 기대어 햇빛받이 하며 옹송그리던 아이들이 떠오른다. 낡은 양말에 담긴 한 움큼 구슬을 품고 행복하게 잠든 게 전부이던 시절이었다. 원양어선을 타던 아버지가 사 온 라디오 덕분에 한동안 우쭐하던 시간도 떠오른다. 가난한 산동네였지만 모든 것이 존재 자체로 그득했다.

향이에게 생애 최대 가장 강렬하다고 할 수 있는 사건도 그즈음 일어났다. 부부 싸움이나 자식 쥐패는 일로 한번씩 고성이 오가는 건 향이네도 예외가 아니었다. 원양어선을 타거나 연근해 어선을 타는 아버지가 가끔씩 집에 올 때마다 세간살이는 한바탕 엎어지곤 했다. 여섯 식구가 오글거리던 단칸방에서 부부 싸움이 일어나면 네 남매는 그 전쟁 현장을 온몸으로 부대껴야 했다. 하루는 아침에 일어나 보니 백 원짜리 지폐가 마구 찢어진 채 제법 큰 더미를 이루고 있었다. (그때 백

원 지폐는 가장 큰 단위 화폐였다.) 전날 밤 그리 육박전
으로 싸우더니, 엄마는 밤새 그 많은 돈을 다 찢어 버린
것이었다. 아버지가 몇 달을 파도를 타고 벌어 온 돈을.

　불량식품 군것질도 제대로 못 하던 시절이라, 향이
는 아연했다. 도대체 엄마에게 돈보다 중요한 게 무엇
이었단 말인가. 죽창보다 더 시퍼런 의문이 솟구쳤다.
돈보다 중요한 게 있단 말인가. 그러나 그 때문이었을
까. 향이는 돈의 진실을 알아 버렸다. 돈은 종이에 불과
하다는 것이다. 돈은 언제든 찢어질 수 있는 것이었고
휴지랑 별반 차이가 없다는 것. 화폐는 어떤 경우에도
인간의 분노나 슬픔을 대변할 수 없다는 것이었다. 이
후 향이의 모든 삶에서 돈은 그다지 추구할 가치가 아
니었다. 돈보다 훨씬 중요한 게 많다는 것을 깨달았다
고 해야 할까. 돈이 없지만 결코 돈에 매일 필요가 없다
는 것. 이만한 깨달음을 어디서 얻을 수나 있겠는가.

　엄마가 아버지로부터 주먹질 당하는 것도 여러 번
보았지만, 엄마는 결코 아버지에게 지지 않았다. 그악
스러운 엄마의 성격은 그 질긴 생존과 슬픔에서 나온
것이었다. 엄마도 아버지와 함께 때려 부수는 데에 동
참했다. 그릇들이 날아다녔다. 향이가 어디든 과감하게

훌쩍 훌쩍 떠나는 배낭족이 된 것도 우리가 현실이라고 믿고 있는 이 공간이 환(幻)에 불과하다는 것을 알게 된 것도 그런 학습이 준 선물이었다. 때려 부수는 소리를 예사롭게 듣고 자란 향이는 보이는 것이 실체가 아니란 것쯤 유년 시절에 이미 익힌 셈이었다.

엄마의 울음에 한참 잠겨 있다가 밖으로 나오면 신선동 동사무소가 있었다. 신선동. 동네 이름 때문일까. 향이는 늘 자신을 천도복숭아를 훔치다 상제의 노염을 받아 지상으로 떨어진 선녀라고 생각했다. 옥황상제의 노염을 달래기 위해 향이는 글을 썼다. 이를 테면 지상에서 쓰는 글은 하나의 반성문이었다. 그다지 실력도 재능도 없으면서 글에 매달린 것은 그런 정죄의식, 벌받는 심정에 충실했던 까닭이었다.

입에 풀칠도 못 하던 시절, 책을 찾아 헤매던 초등학교 시절을 벗어나 중학교 가면서부터는 버스비를 모두 도서 대여비로 써 버렸던 날들. 하염없는 걷기가 시작되었다. 영도다리와 터널과 육교들. 중학교 2학년 때까진 대신동 중앙여중에서 영도까지 걸었고, 3학년 때 드디어 영도를 탈출한 엄마 때문에 대신동에서 양정 하마정까지 걸어 다녀야 했다. 영도다리를 넘는 하학길은 가까운 편이었으나, 터널과 육교를 넘어 한 시간도 훨씬 넘는 하마정까지 걷는 일은 쉽지 않았다. 우산도 없이 비 맞으며 천으로 된 책가방을 끼고 추위에 떨며 걸은 적도 종종 있었다. 비 맞으면 교복은 대책 없이 무거워졌다. 소설책 한 권을 빌린 대가가 얼마나 고통스러운지를 경험하면서도 향이의 서정은 그저 넉넉했다.

철없던 시절인데, 읽기와 쓰기를 열망했다. 글자들 속에는 어떤 발광체들이 살고 있었다. 하지만 그건 옥황상제의 벌임이 확실했다. 향이의 문법은 늘 점멸하는 불빛 같아 현실적이기 어려웠다. 늘 먼 데를 꿈꾸고, 늘 그리워하고, 늘 슬펐다. 그렇게 향이는 이상주의자로 성장했다. 하지만 나이가 들어 가면서 이 이상이 현실을 때려 부술 수 있는 힘임을 깨달았다. 만화 '황금박쥐'나 '우주소년 아톰'에서 만난 정의의 용사들을 믿을 수 있었던 것도 존재를 향한 어떤 패기 때문이었으리라. 모든 발견 중에서 그건 가장 확실한 것이었다.

내가 지닌 것들은 언젠가 깨어지고 박살 난다. 나 스스로 또는 그 누군가가 때려 부수는 것들. 쭈그러진 냄비는 망치로 펴면 그만이었고, 깨진 접시는 또 비실비실 웃으며 옆집에서 하나 얻어다 놓으면 그만이었다.

모든 것은 시간이 지나면서 대체된다. 내 것은 내 것이 아니다. 언제든 사라진다. 원래 가난했기에 그 와장창 부수는 순간들이 삶을 더 가난하게 만들지 않았다. 원래 가난한 것은 어쩌면 편리한 것이었다. 원래 부족했기에 더 부족해도 슬프지 않았다. 원래 배고팠기에 더 고파도 어쩔 수 없다고 여겼다. 상실 자체가 그다지 고통스럽지 않았다.

있으면 좋았겠지만 없어도 견딜 만했다. 서로가 그저 불쌍했다. 그렇게 가난을 이해했고, 악다구니 쓰는 목소리도 이해했고, 그악스러운 눈물도 이해했다. 그리고 공동변소나 공동수돗가를 이용하면서 매일 싸움박질이었지만 서로 알뜰하게 도닥일 줄도 알았던 사람들. 찌짐 쪼가리나 국물 한 그릇 나누어 주는, 나름 양심이나 체면을 챙기던 이웃이 있어 불행하지 않았다. 서로서로가 견디던 시절은 그나마 삶에 적응하는 게 쉬웠다.

어쩔 수 없이 서로 미워도 기대야 했고, 사소한 행운에도 감지덕지했다. 콩가루나 마가린에 밥 비벼 먹는 게 그나마 사치였다. 한여름에 큰 대접에 타서 돌아가며 마시던 설탕물은 어마어마한 행운처럼 향이를 우쭐하게 했다. 가난이 가난인 줄 모르던 시절, 향이는 존재 자체로만 살았던 것 같다. 그땐 삶도 순간순간이 기적 같았다. 고등학생이 되면서 책에서 배운 붓다의 무소유 나 무아(無我)도 큰 위로로 삼을 만했다. 그런 향이를 비 현실적으로 보는 주변에 대해서 이상주의자처럼 구는 일도 익숙해졌다.

막상 향이가 적응하기 어려운 것은 부(富)였다. 어떤 간절함이나 절실함이 묻어나지 않는 소비가 불편했다. 쓸데가 없는 데도 축적되는 것들이 불편했다. 산업 사 회를 겨우 넘어서자 사람들은 가는 곳마다 소비에 집중 했다. 주변엔 먹는 것들, 전자제품이나 옷가지 등 물질 이 넘쳐났다. 이른바 소비 사회에 들어선 것이다. 시장 마다 물건들이 넘치고, 대형 마트들이 생기고, 쓰레기 는 당연히 넘쳐날 수밖에 없는 상황이었다. 자연을 배 반한 사람들이 세계를 벼랑 끝에 세우고 있었다.

숲은 사라지고 생태계는 점점 위험해졌다. 기후 변 화도 심각했다. 북극곰은 디딜 얼음이 없어 황망한 얼 굴로 향이를 돌아보았다. 보이는 폭력보다 보이지 않는 폭력이 더 만연했다. 양심도 체면도 사라졌다. 가난은 무능력했고 죄처럼 여겨졌다. 선한 자들이 벌을 받았 다. 신자유주의를 맞으면서 이러한 소비는 이제 극단적인 자본을 입고 산불처럼 전 세계로 번져 갔다. 미세 플라스틱이 바다와 산을 채우고 있었다.

숲길은 매 순간 미세한 파동을 만들며 사람들을 손짓했다. 잎새 하나하나의 뒷면에 적층된 우주가 사람들을 불렀다. 지평선은 발원지를 기억할 것을 당부했다. 하지만 아무도 경청하지 않았다. 빠른 속도에 밀린 얼굴들은 참을성을 잃어버렸다. 사소한 분노에 갇혀 자신과 이웃을 파괴했다. 조급했고, 작은 데에 감동하는 습관이 점점 줄었다. 마구 쏟아지는 농담과 불만 그리고 계산.

향이는 도시에서 자주 길을 잃었다. 유년의 산동네 미로에서는 한 번도 길을 잃은 적이 없었다. 늘 어디론가 이어졌고 열려 있었다. 현대는 10차선, 16차선 대로를 만들어 놓았지만 늘 막혀 있는 것 같았다. 길이 넓어질수록 삶은 단절되었다. 절실하지 않으면서 쌓인 그릇들, 쌓인 옷가지들, 끝없이 밀린 채 달리는 차량들. 하나하나가 판도라 상자처럼 보였다. 향이에게 부(富)는 거꾸로 놓인 삼각형 같았다. 불안했다. 아슬아슬했다. 부에 적응하기 어렵다 보니 저절로 부를 불편하게 여기게 되었다. 도대체 내가 출발한 곳은 어디였을까.

어쨌거나 옥황상제로부터 벌 받아 지상에 떨어진 선녀는 가난하고 겸손해야 했다. 예전의 가난, 그 속에서 최선을 다해 꿈꾸던 시절, 그 허기는 오히려 얼마나 정직하고 안정적이었던가. 보이지 않는 눈빛들이 저만치서 향이를 지켜보고 있었다. 향이는 하늘을 올려다보았다. 언제쯤 하늘로 돌아갈 수 있을까. 죗값이 얼마나 남아 있나. 영혼을 저울질하는 날들이 늘어났다. 가난의 패기가 자꾸 그리워졌다.

두 개의 천국

천국은 가난한 자의 것입니다

삶은 가난의 능력을 훈련하는 지극한 과정입니다

현이는 가난을 잘 몰랐다. 생각하면 큰 다행이었다. 극단적인 허기 속에서 자랐음을 감안한다면 말이다. 어른이 되어서야 현이는 자신이 지독한 가난 속에서 성장했음을 감지했던 것이다. 뜨개질로 날밤을 새우던 엄마 때문일까. 맏딸에게 자주 매를 들기도 했지만, 밤새워 뜨개질로 옷을 짜고 아침이면 등에 크기를 대 보던 엄마의 눈빛. 단칸방 모서리에 늘 놓여 있던 대바늘 뜨개질 소쿠리. 그런 것이 가진 신성함 때문일까. 아니면 유난히 결핍에 둔감한, 눈치를 모르던 성격 때문이었을까.

정신없이 키가 크는 네 남매의 입성을 마련해야 했던 엄마는 첫째의 스웨터를 풀어 둘째의 바지를 짜고, 둘째의 스웨터를 풀어 셋째의 양말을 짜고, 셋째의 바지를 풀어 넷째의 목도리를 짰다. 삶은 그렇게 이어지고 반복되는 것이었다. 갑자기 아이들이 쑤욱 커 버린 것을 알아챘을 때 바쁜 엄마는 손목 발목 부분만 덧대어 짰는데, 때문에 뜨개옷의 손목 부분이나 발목 부분은 자주 색동이 되었다.

코를 찾아 졸졸 풀어 놓으면 꼬불꼬불 뭉쳐진 털실이 한 아름이었다. 그 털실을 연탄불 위에 놓인 끓는 주전자를 이용해서 반듯하게 펴는 일은 맏딸인 현이에게 주어진 임무였다. 뚜껑으로 들어간 털실이 수증기를 입고 다시 주전자 코로 나오면 현이는 그것을 조심스레 다시 감아야 했다. 한없이 지루하면서도 고운 색 털실들이 보송보송해져 반듯하게 나오는 게 기묘했다. 손에 살짝 묻어나는 수증기. 그걸 감아 털실 공을 만들어 놓으면 엄마는 또 밤새 뜨개질에 몰입했다.

어린 딸은 삶을 그렇게 배웠다. 삶은 그렇게 뭉쳐지는 거야. 또 삶은 저렇게 도무지 쓸 수 없을 정도로 꼬불

꼬불 엉키는 거야. 그래도 천천히, 지극정성으로, 뜨거운 수증기를 통과하면 반듯하고 다시 보송보송하게 만들 수 있지. 그러면 새 옷을 다시 짤 수 있어. 무한한 반복. 그 둥근 털실 뭉치.

어쨌거나 군것질 한번 마음 놓고 못 했지만 현이는 자신이 가난한 줄을 몰랐다. 약간 둔한 성격인 건 분명했다. 교복과 체육복만으로 고등학교까지 청소년 시절을 보낸 현이였다. 산 언덕배기 금 간 담벼락에 기대 정원 있는 양옥집을 내려다보았고, 그 정원에 놓인 그네도 보았지만 그것이 가난과 대비되는 부라는 것도 전혀 인지하지 못했다. 그냥 그것은 원래 그런 것이고, 가난도 원래 그런 것인 줄 알았다. 가난이 불행이라고 감지하지 못한 것은 축복이라면 축복이다. 그때나 지금이나 그건 마찬가지다. 현이는 늘 힘들었지만 자신이 가난하다고 생각하지 않았다.

가만 따져 보면 그건 천국의 장면을 품고 있는 두 개의 냄비 때문이었다. 그 두 개의 천국이 현이에겐 모든 부의 척도이다. 가난에 무지할 수 있었던 건 그녀에게 각인된 두 개의 천국과 연결된 냄비 이미지 때문일 것이다. 이 냄비들은 엄마의 뜨개질에도 대비할 수 없는 부의 척도였다. 어릴 때 형성된 까닭인지, 부의 잣대는 그 이상도 그 이하도 없었다. 어린 여자애가 품은 천국 이미지는 이후의 모든 가난조차 행운으로 여기게 만들었다.

그중 하나는 팥죽 냄비와 연결되어 있다. 아홉 남매를 낳은 할머니는 소박을 맞았고, 할아버지는 둘째 할머니 집에서 지내면서 아홉 자식을 구박했다. 당연히 열 살짜리 손녀도 반갑잖은 떨거지일 수밖에 없었다. 어느 겨울 동짓날, 옹기종기 모인 아홉 남매와 그 떨거지 손주들은 배가 고팠다. 동지 팥죽을 끓이지 못한 할머니는 자손들에게 미안해했다. 그때 다섯 살 많은 삼촌이 안을 냈다. 할아버지가 있는 작은할머니 댁에서는 팥죽을 끓였을 것이니 좀 얻어 오자는 것이었다. 원래가 호랑이 같은 데다 바람난 아비가 무서웠던 형제들은 열 살, 여덟 살 조카들을 보내기로 했다.

그건 막대한 임무였다. 제대로 얻어 오지 못한다면 좁은 집 안에 오글거리고 있는 저 많은 식구들의 눈총을 어떻게 감당할 것인가. 열 살 현이는 단호한 심정이 되었다. 반드시 팥죽을 얻어야 해. 현이와 동생은 각각 조금은 버거운 양은 냄비를 들고 오백 미터 정도 떨어진 작은할머니 집 문을 두드렸다. 지금 생각하면 부엌 쪽문만 있던 그 집도 가난하긴 마찬가지였다. 하지만 팥죽 냄새가 그득한 부엌과 현이보다 어린 여섯 살, 네 살짜리 삼촌과 고모가 들어앉은 밝은 방은 더없이 따뜻해 보여 천국처럼 여겨졌다. 팥죽을 얻으러 온 손주들을 발견한 할아버지는 버럭 불호령을 내렸다. 저 거지 새끼들이 왜 왔어. 내보내. 저절로 바윗덩이 같은 눈물이 불쑥 쏟아졌다. 아아들한테 와 그라요. 다행히 마음씨 좋은 작은할머니가 팥죽을 퍼 주며 달랬다.

팥죽을 얻었다는 안도감 때문에 눈물은 날아가 버렸다. 죽 냄비로 제법 팔뚝이 아파 두 번을 쉬어 가며 집에 도착했을 때 기다리고 있던 삼촌, 고모들이 달려들었다. 그리고 정신없이 퍼먹었다. 겨우겨우 들고 온 현이와 동생은 숟가락을 들고 접근할 수도, 한 방울 입에 댈 수도 없었다. 삼촌 고모들이라고 해야 그 당시 모두 초등학생 중학생이니 어찌 탓할 것인가만, 현이와 동생은 동시에 울음보를 터뜨렸다. 할아버지에게 욕까지 얻어먹은 설움이 터져 나왔다. 당황한 할머니는 다시 할머니 친구 집에 가 보라며 냄비를 쥐어 주었다.

눈물을 훔치며 또 한 번 차가운 길 위에 나섰고, 다

시 오백여 미터쯤 떨어진 할머니 친구 집에 가서 한 냄비를 얻을 수 있었다. 이번엔 할머니 통제 하에 몇 숟갈 먹을 수 있었다. 그 단맛. 한동안 잊힌 그 유년 시절은 현이가 사하라의 작은 항구 도시 누아디부에 사는 내내 고스란히 떠올랐다. 초원이 없어 양 떼조차 늘 쓰레기통을 뒤지고 있던 그 사막의 길. 가난한 맨발들. 거기서 팥죽 한 냄비를 받아 들고 그저 다행스러운 심정으로 황망히 돌아왔던 오래전 길이 문득 떠오른 건 무엇 때문일까.

또 하나의 천국, 또 하나의 냄비. 양지 볕에 끓고 있는 연탄난로 위 라면 냄비다. 1960년대 막 라면이 등장한 시절이었다. 그 시절의 한겨울 추위는 요즘과 달랐다. 손과 발이 동상에 걸리는 건 예사였다. 주변은 빙판이었고, 아무리 껴입어도 춥고 배고팠다. 학교 점심시간이 문제였다. 운동장 끝 학교 담벼락에 붙은 집에서 벽을 터고 천막을 쳐서 국숫집을 했다. 오 원짜리 멸치 국물뿐인 막국수와 십 원짜리 채 썬 단무지와 김치가 얹어진 국수를 팔았다. 거기에 라면이 출현한 것이다. 엄마가 아침마다 쥐어 주는 오 원 동전. 그것도 현이에겐 행운이었다. 맹물 같은 국물뿐이었지만 그나마 따뜻하게 먹을 수 있는 오 원짜리도 제법 자랑거리였다. 도시락을 싸 온 아이들은 차디찬 밥을 그냥 먹어야 했던 시절이었고, 심지어 도시락을 싸 오지 못하는 아이들도 있었으니 말이다. 아침마다 쥐어진 동전 때문에 현이는 자신을 부자로 생각하는 습관이 생겼는지도 몰랐다.

현이는 오 원짜리 막국수를 먹는 줄에 서서 삼십 원짜리 라면을 먹는 선생님과 기성회장 아들을 먼발치서 오래 바라보았다. 한겨울 내내 바라보면서도 그게 부럽기만 했지 슬프다고 생각하지 않았다. 줄지은 대여섯 개 연탄난로 위에서 끓고 있던 작은 양은 냄비를 천국처럼 바라보았다. 냄비에 튀는 국물 방울들이 햇살 역광에 보석처럼 반짝였다. 학교 운동장 끝자락 응달 담벼락, 국수 줄에 서서 바라보는 그 눈부신 풍경은 지금도 천국, 하면 떠오르는 이미지다. 졸업할 때까지 그 라면은 결국 한 번도 먹지 못했지만 그다지 서럽지 않았다.

그냥 응달에서 바라보기만 했던 그 따뜻한 양지는 한 폭의 서양화 같은 이미지로 각인되었을 뿐이었다. 하지만 나중에 결혼을 하고 첫아들을 가졌을 때 현이는 한 달 반 입덧을 했는데, 오로지 라면이었다. 일주일 내내 하루 세 끼를 라면만 먹으면서 자신이 가진 천국 이미지를 확인하며 유년의 트라우마가 무섭긴 무서운가 보다 여겼다.

　그렇게 아름다운 천국 이미지 두 개가 유년 시절, 현이의 영혼 속에 자리 잡았다. 아무리 가난해도 그 시절을 떠올리면 두 개의 풍경은 그녀에게 촉촉하고 적막한 위로를 선물했다. 튀어 오른 방울에 묻어나던 그 따뜻한 햇빛 속 작은 양은 냄비. 바람난 할아버지가 아홉 남매를 버리고 첩에게서 낳은 어린 남매를 무릎에 앉히고 있던 방. 그 방 안의 밥상을 훔쳐보며 돌아설 때 현이가 들고 있던 팥죽 냄비. 천국이 그 두 개의 이미지로 압축되었기에, 현이는 이후 가난을 별로 두려워하지 않게 되었다고 할까. 천국은 라면과 팥죽이 있는 곳이었다. 그게 그녀가 지금 천국을 사는 이유이기도 했다.

　영도 신선동, 영선동, 봉래동 산복도로 골목이 그렇게 가난한 동네인 줄 전혀 모르고서 유년 시절을 보냈다. 봉래산 할매바위에 소풍 가는 게 제일 먼 길이었고, 가까운 이송도 바다에서 물장구치는 게 제일 즐겁던 시절이었다. 만화방에서 만화책 속 주인공을 통해 정의와 사랑을 배웠다. 그렇게 부와 가난을 이해하게 된 건 현이에게 지금 생각해도 기적이었다. 아마 금과 옥으로 된 거대한 천국을 먼저 보았다면, 이 지상에서 천국을 만드는 건 얼마나 고단한 작업이었을까. 더 멋있게, 더 부유하게 꾸며야 하니 말이다. 하지만 라면이 끓는 냄비와 팥죽이 담긴 냄비. 그것이면 행복도 천국도 충분했다.

천국은 가난한 자의 것이었다. '가난한 자가 복이 있다'는 예수의 말은 정확했다. 정말 가난해 보지 않았다면 적은 소유가 주는 진짜 행복을 이해할 수 없을 것이다. 그 두 개의 냄비만 한 부만 있다면 무엇이든지 이웃들과 나눌 수 있다. 초등학교 3학년이 되자 삼촌, 고모들과 바글바글 살던 집을 떠나 엄마는 신선동 골목 높은 데에 단칸방을 얻어 네 남매를 데리고 분가했다. 이후 손수레에 이삿짐을 실어 골목골목 셋방을 찾아 이사한 것도 여러 번이다. 그때마다 자주 연탄불 앞에 쪼그리고 앉아 엄마의 뜨개질을 위해 털실 공을 감았지만, 그 모든 희망에 두 개의 천국 이상의 것을 바란 적이 없었다. 그게 현이의 처세술이었다.

돌복숭나무의 꿈

고통은 꽃을 피우는 힘입니다

우리는 수평선을 품은 씨앗입니다

꿈이었다. 할머니와 이송도 바닷가에서 놀고 있었다. 먼 길을 돌아온 흰 파도가 할머니 발목에서 거품꽃으로 피어났다. 남루한 스웨터를 입은 할머니는 유난히 환했다. 할머닌 파래도 뜯고 이 돌 저 돌을 뒤져 먹을 것들을 찾곤 했다. 그러다 제법 큰 돌덩이를 헤집어 군수한 마리를 잡았다. 야야, 이것 바라, 솔아, 운수 대통했데이. 웃는 모습이 여덟 살 손녀의 눈에도 해맑아 보였다. 아닌 게 아니라 할머닌 금세 젊은 아가씨가 되어 하이

힐을 신고 흰여울길을 오르고 있었다. 할무이, 불렀지만 돌아보며 손짓하던 할머닌 점점 어려져 흰 고무신을 신은 계집아이가 되어 팔짝팔짝 봉래산을 올랐다. 그예 할머닌 씨앗처럼 아득해졌다. 부랴부랴 그 뒤를 따르는데 문득 앞에 돌복숭나무 한 그루가 꽃을 잔뜩 달고 있었다. 환한 꽃빛에 다가서는데 바람이 불면서 꽃잎이 화르르 날렸다. 그러다 깼다.

할머니. 관 속에 누워 있던 푸릇한 얼굴이 마지막 모습이다. 세상을 떠난 지 삼십 년도 더 지났는데, 까맣게 잊고 있던 할머니가 왜 돌복숭꽃으로 환하게 피어난 걸까. 살아생전 남루한 스웨터 하나로 구 남매를 키우고도 늘 묵묵하던 할머니였다. 어제 영선동에 도착하면서 돌복숭나무를 보았기 때문일까. 흰여울길에 들어서자마자 벼랑 끝자락에 꽃을 잔뜩 단 복숭꽃을 보았다. 가을머리에 핀 복숭꽃이라니. 구월인데도 얼마 전 태풍이 지나갔음을 깨달았다. 온몸으로 비바람을 껴안고 절체절명을 버틴 뿌리의 고독이 꽃송이 송이마다 고스란했다. 그 사투가 온전히 다가와 솔이는 한자리에 선 채 오래 꽃잎을 바라보았던 것이다. 생명을 지켜낸다는 것, 그 안간힘이 얼마나 큰 씨앗을 품게 할 것인가. 꽃잎에서 눈을 떼지 못하다가 한참 만에야 작업실 문짝을 밀었다. 오랜만에 바다 비린내가 편해 쪽방 새우잠도 잘 잤다. 그런데 왜 할머니 꿈을 꾼 것일까. 정말 그 복숭꽃이 할머니였단 말인가.

봉창으로 연보랏빛이 번지고 있었다. 여명이었다. 새벽꿈 때문인지 유년 시절 푸른 대문 끝자락에서 해마다 환하던 복숭꽃이 떠올랐다. 산복도로 높은 자락에 있던 그 대문이 아직 있을까 궁금하곤 했지만 그 꽃나무를 떠올린 것은 이제야 처음이다. 맞아, 공동변소 옆에도 복숭꽃이 참 환했지. 판잣집 몇 개를 지나야 있던 공동변소였다. 저녁 무렵부턴 겁이 나 변소를 갈 때면 남동생을 끌고 나서야 했다. 그때마다 하얗게 달빛을 입고 있던 돌복숭나무.

이십여 년 타향살이를 끝내고 부산에 정착한 후로 수시로 틈나면 들르는 흰여울길이다. 영선동은 솔이의 고향이다. 은행 이자에 시달려 몇 년을 독촉 받다가 겨우 해결하고 나자, 몸에 탈이 났다. 천식과 허리 병이 함께 도진 것이다. 남편이 떠나면서 남겨 놓은 빚은 솔이에게 평생 쇠고랑이 되었다. 우울증까지 덮친 듯해 어제 병원에서 퇴원하는 길로 흰여울로 들어왔다. 늦게서

야 그림을 시작해 볼까 하고 빌려 놓은 세 평짜리 작업
실이었다. 임시라 언제 내놓아야 할지 모르지만 틈틈이
와서 머무를 수 있다는 것만으로도 족했다.

　　방 안이 환해지고 있었다. 솔이는 몸을 일으켰다. 저
만치 다가오는 아침을 마중 나가기로 했다. 골목골목
벽화들이 새롭긴 했지만 골목에서 바라보는 하늘도 바
다도 오십 년 전과 한 치 다를 바 없다. 유년에도 어둠이
흐물흐물 벗겨지며 드러나는 수평선을 마주할 때마다
어떤 기이함에 사로잡히지 않았던가. 작업등을 주렁주
렁 달고 있던 배들은 밤새 수평선을 넘어가 버렸고, 새
로운 배가 도착해 있었다. 그 망망한 수평선과 정박한
기선들은 그제나 저제나 한결같이 세계 저쪽 먼 하늘을
꿈꾸게 했다. 저녁에 기선들에 불이 들어오면 금실 은
실 물결이 만들어내는 세계는 정말 동화 속 같았다. 가
난한 쪽창으로 바라보던 그 아름다운 바다는 수만 리
타국의 한 모서리에 살 때도 늘 푸른 파도로 밀려왔다.
뜨개질로 날품을 팔던 엄마의 반짇고리에는 항상 금실
은실이 풀려 있었는데, 그 실꾸리를 만지고 놀았던 솔
이에게 영도 앞바다는 마치 하느님의 바느질 함 같았
다. 아직도 배들은 불빛을 달고 있었고 바다는 청록빛

으로 열리는 중이었다.

어제 오후에 보았던 돌복숭꽃이 마치 기다린 듯 눈 안에 들어왔다. 화안했다. 소박하고 밝은 빛이 위장 속으로 스민 듯 위에 따뜻한 감각이 왔다. 할머니 음성이 들리는 듯해 솔이는 나무 곁을 맴돌았다. 대여섯 살 부렵이었을까. 복숭꽃 그늘에서 소꿉장난하고 놀던 게 기억났다. 아, 할머니. 복숭꽃을 짓이겨 꽃밥을 지으면 할머니는 맛있게 드시곤 했다. 아이고, 참 맛나데이, 우리 솔이 꽃밥. 냠냠 시늉을 내면서 꼭 덧붙이곤 했다. 복숭꽃은 귀신을 쫓아뿌고 살결을 곱게 한데이.

그러고 보면 막힌 듯 열린 골목마다 꽃이 많기도 했다. 복숭꽃이 만발한 곳을 무릉도원이라고 한다. 정말 영도에 신선 관련 지명이 많은 걸 보면 예전에 무릉도원이 있었는지 모른다. 돌복숭나무는 언젠가부터 영도에 자생해 왔다. 주인이라고 한 번도 우긴 적 없지만, 아마도 가장 먼저 자리 잡지 않았을까. 묵묵히 수천 년 피고 지며 영도를 오래 지켜보았으리라. 그러고 보면 영도에는 신선 사상과 관계있는 동리 이름이 많다. 신선동, 봉래동, 청학동, 영선동 등이다. 모두 신선이 사는 산기슭이란 의미일 것이다. 돌복숭에 대한 설화나 전설도 제법 들었다.

돌복숭 가지는 온갖 잡귀를 내쫓는 선목(仙木)이고, 야생 돌복숭이 갖가지 질병을 고쳐 준다고 들은 적도 있다. 옛 수도자들은 약으로 활용하기 위해서 주변에 돌복숭 나무를 많이 심었다던가.

할머니는 늘 돌복숭 속씨를 모았다. 솔이의 천식 때 문이었다. 복숭씨 딱딱한 껍질을 깨뜨리면 속씨가 나오 는데, 복숭아 속씨가 폐를 튼튼하게 한다고 할머닌 믿 었다. 잘 말린 복숭씨를 볶아 가루 내어 한 숟갈씩 솔이 에게 먹이곤 했다. 그때 잘 나았는지 어땠는지 기억이 나지 않는다. 하지만 건네주는 숟가락을 받아먹을 때마 다 목이 늘어질 대로 늘어진 할머니의 스웨터를 보고 '우리 할머닌 참 가난하구나' 하고 생각하던 적은 많았 다. 할머닌 그때도 꼭 덧붙이곤 했다. 이건 배 속에 있는 딱딱한 덩어리를 삭힌데이. 한번은 계단에 넘어져 타박 상으로 퉁퉁 부었을 때 할머니가 찬장 서랍에서 작은 봉지를 꺼냈다. 약봉지처럼 접은 흰 종이 안에는 누리 끼리한 가루가 들어 있었다. 돌복숭씨를 짓이긴 가루였 다. 할머닌 그 가루를 참기름으로 이겨 발라 주었다. 트 고 갈라진 손발에 바르기도 했다.

몸과 마음의 병이 깊어 흰여울에 돌아온 까닭이고

보니, 돌복숭꽃이 눈에 보이고 할머니가 꿈에 나타난 이유를 어째 알 것도 같았다. 어쩌면 할머니가 불렀는 지 모른다. 가을머리 핀 복숭꽃이 너를 위해 폈데이, 어서 온나 아가야. 복숭꽃은 악한 귀신을 쫓아뿌고 얼굴빛을 곱게 한데이. 얼굴을 밝게 피라. 배 속에 있는 딱딱한 덩어리를 삭히야제. 할머니 목소리가 잔잔히 번져오는 것 같았다.

정말 속이 풀리는 느낌이 들었다. 발아래로 바다는 태평양을 향해 펼쳐져 있었다. 흰여울 아랫길은 어렸을 때 할머니와 놀던 이송도 바닷가다. 솔이가 풋사과를 들고 천방지축 뛰어다니는 동안, 할머니는 무거운 돌덩이를 하나하나 들어 밑을 찬찬히 살피곤 했다. 그래서 집으로 돌아올 땐 언제나 작은 동이에 먹을 게 제법 담기었다. 그때 할머니가 곰곰 살피던 돌맹이들도 아직 그 자리에 있는 것일까. 바다는 하나도 변한 것이 없다. 떠난 지 오십 년인데 어쩜 이렇게 한 치 변화도 없을까. 대한민국이 온통 개발되고 부산도 개발 천지로 뒤집혔는데 이곳은 예전 그대로였다. 콜타르 지붕이나 녹슨 대문이 몇 사라지거나 시멘트로 바뀐 것 빼고 고스란히 옛 풍경을 간직하고 있었다. 어쩌면 정말 신선이 사는 동네여서일까.

가난한 것도 마찬가지였다. 늘 목이 늘어진 스웨터를 입던 할머니의 지독한 가난은 아홉 자손들에게도 고스란히 이어졌다. 큰아버지와 아버지는 원양어선을 탔다. 셋째, 넷째 삼촌은 대평동 포구의 작은 조선소에서 녹을 벗겼고, 다섯째, 여섯째 삼촌도 철공소에 다녀서 작업복에선 늘 쇳내와 기름 전 내가 났다. 숙모들은 깡깡이 일을 했고, 큰고모와 작은고모는 그물 공장에 다녔고, 솔이와 한 살 차이 막내 고모는 봉래동 포구 작은 선구점 경리였는데, 뾰족구두를 신고 오르는 골목길이 너무 높다고 늘 불평이었다. 그렇게 고단한 몸을 끌고 다니는 자손들이 애틋할 때마다 할머닌 잠잠히 바다를 바라보곤 했다. 할아버지는 작은댁을 만나 그쪽에 살면서 본가를 돌보지 않았다. 방 두 칸, 그리고 골방과 쪽마루에 열세 식구가 풀떼죽처럼 엉기어 살았다. 신선들은 원래 이리 가난한 것일까. 초등학교를 졸업할 무렵 든 생각이 지천명을 한참 넘은 나이에도 같은 물음으로 다가왔다.

주변이 환해지자 철 따라 꽃핀 텃밭들이 드러났다. 텃밭을 삼은 무수한 고무 대야들. 얼기설기 얽힌 골목엔 조그만 틈만 있어도 대야가 놓였다. 예전에 있었다는 다랑이밭이 태풍이 쓸려 벼랑이 되고 만 후부터 틈 바구니마다 대야 텃밭이 놓였다고 한다. 거기서 자라는 것들, 파, 상추 등의 풋것들은 소박한 기도를 그대로 피워냈다. 오십 년 세월이 무색할 만치 고무 대야에 심긴 풋것들도 같은 얼굴로 같은 바다를 바라보고 있다. 동백나무 등 그늘을 드리운 큰 나무도 제법 많다. 그들에게는 그 대야와 스티로폼 박스가 텃밭이고 정원이고 숲이고 들판인 셈이다. 그 붉은 고무 대야, 거기서 무한한 바다가 펼쳐지고 있었다. 그야말로 그것은 대야(大野)였다. 흰여울길은 바다와 마주하는 거대한 삶의 들판이고 여울이었으리라. 끊어질 듯 이어진, 막힌 듯한 막다른 길도 가면 틈으로 열려 있는… 모든 길은 푸르고 푸른 들판이었다.

솔이는 돌복숭나무 옆을 떠나 골목을 돌아돌아 바닷가로 내려갔다. 이 길은 엄마가 새벽마다 세숫대야에 북어와 초를 담고 내려가던 길이다. 엄마는 용왕을 섬기러 다녔다. 엄마가 부스럭부스럭 어둠을 장막처럼 걷으며 새벽 바다로 향하는 걸 잠결에 헤아린 적이 많다. 용왕님을 향한 엄마의 충성은 효험이 있었는지 아버지는 매번 먼 항해에서 무사히 돌아왔다. 그뿐이 아니었다. 엄마는 보름달이 뜰 때마다 맏딸인 솔이를 깨웠다. 겨우 눈을 비비는 딸에게 엄마는 나직이 말했다. 달님에게 절해라. 부시럭부시럭 억지로 나가 보면 골목 그득 보름달이 기다리고 있었다. 땅에 닿은 듯 엄청 큰 달에 압도되어 두 손을 모으고 기도했다. 아버지 무사히 돌아오게 해 주세요. 공부 잘하게 해 주세요. 착하게 살게 해 주세요. 기도 내용은 언제나 똑같았다. 언제나 한결같았다. 한결같이 소박하고 간절했다.

그러고 보면 우리는 모두 신선이었는지 모른다. 어릴 때부터 그랬다. 큰 바다를 바라보면 이상하게 가난도 설움도 티끌처럼 날아가 버렸다. 마음은 기선에 담겨 멀리 떠났던 걸까. 그렇게 세상을 꿈꾸고 사랑을 배우고 삶을 배웠던 것이다. 아침빛이 번져 가는 물결 때문일까. 마음이 꼭 초등학교 무렵 그때 같아졌다. 이상하게 가난도 설움도 발목에 쇠사슬 같은 빚도 병도 티끌이 되었다. 마음은 영도 앞바다에 정박한 큰 배들에 담겨 먼 세계로 나가는 듯했다. 할머닌 그것을 말하고 싶었던 것일까. 아님, 정말 손녀에게 복숭씨 가루를 한 숟갈 먹이고 싶었던 걸까. 세상살이에 지친 손녀에게 우리 삶이 곧 신선일 수 있음을 가르치고 싶었던 것일까.

할머닌 그때부터 신선이 된 것일까. 아니 처음부터 신선이었던 걸까. 흰여울은 우주의 여울이었다. 신선들은 결코 빈한하지 않았다. 그것은 정말 드넓은 꿈의 세계를 가진 존재 그 자체였다. 아무리 먼 데라도 이젠 다시 떠날 수 있을 것 같았다. 솔이는 이미 제 심장 속에 늦은 태풍을 이겨낸 돌복숭, 모든 어둠을 먹고 모든 햇빛을 게워낸 돌복숭나무 한 그루가 있음을 깨달았다. 할머니가 심은 것인지, 어쩌면 아득한 고대에서부터 자생했는지도 모르는, 그녀가 잊고 있었던 나무였다.

존재는 고통스러울수록 꽃을 환하게 피워내는 위대한 힘 그 자체다. 흰여울길의 고무 대야들, 그 마음의 대야(大野)들이 바다를 더 깊게 하고 있었다.

그네

삶은 포물선을 긋는 일입니다

온몸으로 허공을 밀어붙입니다 끌어 올립니다

그네가 삐걱이는 소리임이 틀림없었다. 일정한 울림을 끌고 가는 소리. 삐걱삐걱. 노 젓는 소리 같기도 하고 오래된 문짝을 조심스레 여는 것 같은 소리. 생각대로 누군가가 달빛으로 궤도를 그리고 있었다. 타원운동이 무수한 음파를 만들며 지구 저쪽까지 흘러가고 있었다. 그네다. 그건 천상의 어느 창가에 닿으려는 숨은 열망처럼 절실한 느낌을 주었다. 그림자가 돌아보았다. 분명히 아는 얼굴인데 희미했다. 이름이 기억나지 않았다. 달빛 때문인지 그림자는 노랗게 번지고 있었다. 갑자기 파도가 덮쳤다. 목구멍으로 짠물이 넘어왔다.

꿈이었다. 갑자기 머릿속이 투명해졌다. 누구일까. 나를 깨운 그는. 바늘은 새벽 네 시를 지나는 중이었다. 분이는 다시 잠들 수 없음을 알았다. 창문을 열자 달빛이 환하게 도심의 지붕들을 펼쳐 보여 주었다. 새벽 달빛이 얼마나 깊은지 산복도로에서 살아 본 적이 없는 사람은 잘 모른다. 도시는 달빛이 자아내는 은빛 물결에 잠겨 있었다. 높은 산자락에서 내려다보는 새벽 도심은 까마득한 심해 같다. 쌀쌀한 초겨울 밤하늘이 오래 기다린 듯 들어선다. 세상을 깨우기 위하여 깨어 있는 것들이 얼마나 많은가.

요즘 자주 꿈속에서 분이는 그네 소리를 듣는다. 분이는 옷을 챙겨 입고 대문을 나섰다. 불과 오 분 거리에 놀이터가 있다. 가끔 저녁 귀갓길에 쉬는 곳이기도 했다. 이상하게 요즘 놀이터는 조용했다. 어린 시절, 학교 놀이터는 아이들로 바글바글했다. 미끄럼틀도 시소도 그네도 아이들이 경쟁적으로 매달려 있었다. 심지어 놀이 기구는 낡고 망가져 있기 일쑤였다. 동네 놀이터는 기구 하나 없이 거의 맨땅 수준이었다. 하지만 아이들은 그 맨땅도 경쟁적으로 차지해야 했다.

이 시대의 놀이터는 자주 비어 있다. 특히 빈 그네를 보면 분이는 어떤 서정이 소용돌이치곤 했다. 요즘 아이들은 왜 그네를 타지 않을까. 저 아름다운 그네를. 한번쯤 땅에서 발을 떼는 순간을. 허공을 발로 밀어 볼 수 있는 새의 몸짓을. 아이들은 어디에 있을까. 학원에 있거나 컴퓨터 앞에 앉아 있겠지. 아이들을 채 가는 끔찍한 사건들이 종종 뉴스에 떠오르기 때문일까. 아이들은 이제 바깥에 나와서 놀지 않는다. 아파트촌이 많아져 큰 목소리로 친구를 불러낼 수 있는 환경이 아니기 때문일까. 훨씬 흥미진진한 사이버 게임들이 더 강렬한 유혹일까. 어쨌든 바깥에 뛰노는 아이들을 보기 드문 시대다. 그래서 예쁘게 색칠된 빈 그네나 미끄럼틀이 더 애틋하게 다가왔다.

그네는 고요했다. 우주에서 뭔가를 실어 온 듯 그네는 어떤 무게를 지니고 기다리고 있었다. 분이가 앉자 소리가 나지 않는데도 파문을 만드는 듯 공기가 후드득 흩어졌다. 그네 소리. 어디선가 아주 먼 데서 부르는 목소리 같은 흔들림이 그넷줄에 묻어 있었다. 그네 소리만큼은 분이에게 각별하다. 영도초등학교. 벌써 오십 년 전이다. 나라 전체가 가난했던 시절, 학교 운동장의 그네는 늘 망가져 있었고, 어쩌다 고치면 아이들이 떼 지어 몰려갔다. 빠르고 힘센 아이들이 먼저 탔다. 워낙 많은 아이들이 매달린 때문인지 그네의 밧줄은 쓸릴 대로 쓸려 늘 금세 터질 듯했다. 유난히 어리버리했던 분이는 한 번도 그네 근처에 가질 못했다. 그 아이들을 뚫고 그네를 욕심낼 만큼 당차지를 못했다. 그저 멀찍이서 그네가 그리는 궤도를, 그 그네가 차고 나가는 햇살과 바람을 오래 바라보기만 했다.

때문일까. 그네는 분이에게 간절함 그 자체였다. 졸업할 때까지 그네 근처에 가지 못했고, 그만큼 그네는 통째로 거대한 그리움이 되었다. 친구들이 빨고 있는 사탕을 망연히 바라보던 분이의 가난과 닮은꼴이었던 걸까. 항상 멀찌감치 오도카니 서 있던 자신을 아무도 바라보지 않았다.

유난히 매서운 겨울날 저녁, 어린 분이는 그네에 도착했다. 초등학교를 졸업한 날 저녁이었다. 이월의 찬바람이 몸을 몰아댔고 밤의 운동장은 무서운 얼굴을 하고 있었다. 하지만 다시는 그네를 보지 못할까 싶은 두려움이 밤의 캄캄함보다 더 컸다. 그네는 비어 있었다.

어둑한 한쪽에서 달빛을 받고 있는 그네. 달빛이 원래 그리 밝은 것임을 그때 알게 되었다. 거기에 앉는 순간의 차가움과 삐걱임, 그 순간 밤하늘을 깨뜨리며 올라가던 그 삐걱임을 분이는 잊지 못한다. 온몸에 전율이 번졌다. 마치 영혼이 삐걱거리는 것 같았다. 투명한 마찰음. 그 활기, 그 새로움. 땅에서 발을 떼던 순간의 그 두려움과 달콤함. 처음으로 날개를 느낀, 중력을 벗어난 순간을 감지했던 것 같다.

하지만 그네는 곁에서 보던 만큼 기대한 만큼 하늘을 박차고 나가지 못했다. 삐걱이는 소리는 마치 호소하는 것 같았고, 열심히 굴렀지만 그다지 높이 오르지 못했다. 평생 원양어선을 탔던 아버지, 어린 네 남매 데리고 산복도로로 손수레 이사를 다니던 엄마, 하루하루 가난에 찌들었던 친척들도 분이를 그네에 태워 준 적이 없었던 것이다. 밀어 주는 사람이 필요하다는 걸 그제야 알았다. 하지만 그날 밤 분이는 최선을 다해 탔고, 낮은 타원의 신비에 만족했다.

허공을 밀어 올리고 다시 끌어 내리는 그 포물선. 하늘 저 끝 작은 비행기에서 뿌리던 삐라들. 반짝반짝 빛나며 점점 지상으로 내려오는 종잇장들을 보며 허공의 출렁임을 이해하던 시절이었다. 파리 서른 마리, 자른 쥐꼬리 다섯 개 등을 숙제로 제출해야 했기에 파리 잡기와 쥐잡기에 매달리던 날들(쥐 꼬리를 제출하는 숙제는 정말 어려웠다), 운동장 가득 일렬로 서서 듣다가 자주 박수하던 반공 웅변대회. 거다란 우유 주전자를 들고 낑낑거리며 칠십 개의 컵에 뜨거운 우유를 따르던 주번의 책무. 식목일 나무 심기와 송충 잡이 행사 등 모든 날들이 포물선을 긋고 있었다. 처음 탄 그네로 처음 긋는 포물선. 잠시 빠져나왔던 터라 여자아이는 금세 집에 돌아가야 했지만, 그 짧은 시간에 만난 전율은 가장 긴 울림을 만들었다. 그제야 분이는 초등학교를 졸업할 수 있었다.

이후, 그네를 떠올리는 것만으로도 분이는 자신 속에 싹을 틔우는 날개 같은 떡잎을 깨닫곤 했다. 그때마다 영혼이 부풀어 오르는 느낌. 그 떡잎은 점점 줄기를 내고 있었던 걸까. 다시 그네를 만진 건 오랜 시간이 지나 서너 살 된 아들을 놀이터에 데리고 갔을 때였다. 아들을 태우면서 다시 그네의 삐걱대는 소리를 들었을 때, 그 환한 달빛 속의 차가운 그넷줄, 유년을 떠올렸다. 아이의 깔깔대는 웃음 속에서 아무도 그네를 흔들어 주지 않던 자신의 어린 시절 그 밤그네가 흔들렸다. 언젠가 우연한 길에 영도초등학교를 잠시 지나쳤는데, 제일 먼저 그네가 있던 자리를 눈으로 더듬었다. 운동장은 그대로였지만 일제 강점기 목조 건물이던 교사도 바뀌었고, 교문 근처 몇 그루 거대한 히말라야시더들도 남아 있지 않았고, 놀이터도 사라져 있었다. 언제나 그랬듯 그네는 하늘에 매인 사다리처럼 층층이 놓인 그리움이었다. 이제는 동네 놀이터마다 그네들이 놓였고, 시대가 좋아서인지 그네도 튼튼하고 아름답다. 하지만 그네들은 거의 비어 있다.

놀이터가 가까운 동네로 이사를 오면서 분이는 아이들 그네에 종종 앉곤 했다. 염색을 하지 않아 희끗희끗한 머리칼로 그네에 걸터앉는다는 건 눈치가 보이는 일이었다. 주로 저녁 늦은 시간이어서인지 사람들은 없었다. 자고 있거나 컴퓨터와 티브이에 열중하고 있을까. 아니면 먼 여행을 갔을까. 하여튼 분이처럼 놀이터 주변을 빙빙 도는 사람은 별로 없어 보였다. 혼자 그네에 앉으면 시간도 희끗희끗한 모습으로 다가왔다. 꽝꽝 얼어 있던 그넷줄과 차갑게 빛나던 밤하늘. 그때도 지금도 수줍음이 많은 건 비슷했다.

그 추억 속의 강렬한 어둠과 환상만으로 분이는 참 많은 강을 건넜다. 강에 빠지고 겨우 헤엄쳐 나오고, 강과 마주 앉고, 또 겨우 누군가의 손을 잡으면서 머리칼은 희끗희끗해졌다. 그제야 분이는 붙들고 싶었던 건 사람이었음을 깨달았다. 가난한 시절, 주눅이 잔뜩 든 그녀가 간절히 바라보았던 것은 그네가 아니라 그네를 탄 친구들이었다. 그네를 밀어 주는 손들이었다. 저마다 타고 싶었던 그네에 분이가 다가가지 못했던 건 어떤 낯섦 때문이었으리라.

그렇듯 소소하게 주눅 든 시간을 뺀다면 분이는 그다지 괴로운 인생을 살지 않았다. 꽤 무난하고 평이한 삶이었다. 드라마에서 보는 불치병이나 화재, 교통사고나 파산 같은 것과는 거리가 멀었다. 가족들도 친구들도 별 재난 없이 잘 견디고들 있었다. 그저 재주가 없고 좀 가난하고 소박하고 책 읽기를 좋아하는 정도에서 삶은 천천히 진행되고 있었다. 그러니까 피눈물 흘려 보지 못했다고나 할까. 이 깨물고 와신상담할 일도 없었고 어느 장소에서 주인공이 되어 환희에 들뜨는 일도 한번 없었다. 사람 많은 데서 그저 꾸어다 놓은 보릿자루가 되는 일에도 익숙했고, 인상 좋다며 다가오는 누군가에게 조용히 웃음을 건네는 정도가 전부였다. 아무도 밀어 주지 않는 한겨울 저녁 그네의 낮은 포물선처럼 정치도 경제도 문화도 그렇게 배우며 살아왔다.

분이가 설렐 때는 두꺼운 책, 어떤 기나긴 서사를 읽을 때였다. 그건 마치 낮은 타원을 만드는 그네 같았다. 후딱 읽어 치우지 않아도 되는, 조금 까다로운 소설을 아껴 읽는 일은 자신에게 존재감을 주었다. 낯설다는 건 좋은 것이다. 오래 망설여야 하니까. 오래 기다려야 하니까. 그래도 자신은 포기하지 않을 테니까. 초등학교 졸업식 날 밤하늘로 올려다 주던 그 그네처럼. 꼭 한번은 제대로 마주칠 숨은 인연처럼 기다릴 수 있으니까.

이제 분이는 그 낯섦, 그 타자, 그 오롯한 순정을 이해하고 있었다. 제 안의 잊고 있던 낯익음을 기억해냈다고 해야 할까. 초등학교 시절, 왜 그리 모든 게 낯설었을까. 기성회비를 내지 못해 복도에 팔 들고 벌 서는 두셋 중의 한 아이였다. 담임에게서 늘 독촉을 받으면서도 엄마에게 그 사실을 한 번도 전달하지 못했다. 때문에 살찐 아랫배를 고민하는 나이가 되어서도 주눅 든 사람들의 그 낯섦을 잘 이해하는 편이다.

삶은 어느 순간 훅, 낯설어지면서 사람을 황야에 내

던진다. 하지만 그 슬픔과 삭막함과 고독은 모두 그네를 타는 일이다. 삐걱거리며 흔들리며 바람을 꿈꾸기 시작하는 것이다. 풀과 꽃과 별이 그네였고, 사람이 그네였다. 분이가 꾸는 모든 것은 그네가 꾸는 은유였다. 새벽달은 그네를 타면서 동쪽으로 가고 있었다. 어쩌면 잠든 사람들도 꿈이라는 그네를 타고 삶으로 돌아오고 있는 중이리라. 세상의 모든 것이 그네를 타고 있었다. 나는 바람이다, 나는 바람이다. 망가진 것들이 그네를 타고 있었다. 슬픈 것들이 그네를 타고 있었다. 군청색 새벽하늘이 깊었다.

할매바위

우리 안의 신성을 믿습니다

뿌리 같은 그 기다림을 열면 진짜 우주가 보입니다

부산역에 도착할 때마다 오래 기다린 듯 다가오는 얼굴이 있다. 봉래산이다. 플랫폼에 내리는 순간 자석처럼 기계적으로 몸과 마음이 한쪽으로 쏠리면서 봉래산과 마주 섰다. 언제나 그랬다. 오늘도 은이는 봉래산을 먼저 올려다보았다. 항상 부산에서 바다보다 먼저 만나는 푸른 눈빛. 봉래산의 기다림을 느끼며 버스를 탔다. 영도다리를 넘었다.

두둥실 올라붙은 구름이 가을이 한참 깊어 가는 중

임을 전했다. 바람에 묻어나는 비린내 강도에 따라 은이는 영도의 여름과 가을을 구분할 수 있다. 대평동을 지나 봉래동을 지나 신선동 산복도로에 이르는 길은 사십여 년 전 모습 그대로였다. 고층 아파트와 새로운 건물이 쫘악 늘어서고, 도로가 좀 다듬어진 듯했지만 영도는 전혀 변하지 않았다. 오랜만이다. 전차를 타고 다니던 시절의 냄새가 그대로 있다. 초등학교 때 가장 높은 건물이던 소방서는 아직도 이 층 건물 그대로다. 고향이라는 정감도 있지만, 그것은 고향 의식 이전의 어떤 지각. 뭘까. 뭔가 어떤 근원적인, 굵은 현의 리듬이 맴돌고 있었다. 신비스러웠다.

오늘도 영도는 아름다웠다. 산 중턱까지 치고 올라간 아파트가 조금은 낯설다. 하지만 사십 년 세월을 생각하면 무상할 정도는 아니다. 봉래동 입구부터 시작해서 곳곳에 아파트가 들어선 것 말고 나머지는 모두 그대로였다. 언제나 그랬듯이 봉래동, 영선동, 신선동, 청학동 골목길이 봉래산 그물망을 이루고 있었다. 바다를 통째 건져 올릴 듯했다.

산복도로 위 새로 난 중복도로 끝자락 정류소에서 버스를 내렸다. 비린내가 더 진해졌다. 산비탈을 오르는 버스는 살아내야 하는 사람만큼이나 버거워 보이지만 또 살아낸 사람만큼이나 꿋꿋하게 골목을 끌고 달렸다. 정류소 부근에 몇 개 오르막 골목이 가지를 치고 있었다. 가겟방 옆 골목을 따라가라 했으니 이쪽일 거야. 신선동 골목은 언제나처럼 곧 막힌 것 같지만 꿋꿋하게 이어진다. 은이는 산복도로 샛골목 여기저기서 자랐다. 가난을 업으로 받은 엄마는 새끼들을 끌고 일 년마다 셋방을 옮겨 다녀야 했다. 이삿짐 손수레에 매달리듯 뒤에서 밀었던 은이는 그렇게 미로의 특징을 배웠다. 아마 은이의 직관을 키운 것도 바로 골목이 아니던가.

두 번이나 꺾으면서 다시 스며든 골목, 응달진 모서리에 낡은 대문이 있었다. 푸른색이었다. 이 집이 맞겠지. 후배 목소리를 떠올렸다. 대문이 바다 같은 색이야. 그냥 무당 할매 집이라고 부르긴 하는데, 간판도 없어. 그런데 딱 보면 알 수 있어. 기웃거리는 동안 저절로 문이 열렸다. 보이지 않는 대답처럼 스르르 열리는 것을 보면 맞는 것 같다. 손님을 맞이하는 이가 없다. 마당이랄 것도 없는 쪽마당 한편에 현관이 보인다. 그 문도 기다린 듯 삐쭉 열려 있다. 밀어 보니 좁은 현관에 신발이 가득하다. 쪽마루에 공책 한 권이 펼쳐져 있을 뿐 아무도 없다. 방문 안쪽에서 음성이 울리고 있었다. 사람들이 있긴 있구나. 짐작하고 마루에 올라서는데 방문이 빼꼼히 열린다.

거기 이름 적고 와요! 안에서 누군가 소리만 질렀다. 그러고 보니 펼쳐진 페이지에는 순번을 기다리는 이름들이 적혀 있다. 이미 다녀간, 줄로 지운 이름들도 앞 장에 촘촘했다. 또박또박 쓰고 나니 일곱 번째였다. 방으로 들어가니 함께 동무해 온 사람들도 있는지 열 명 정도 옹기종기 얇은 이불자락에 발목을 묻고 있었다. 윗목에 낡을 대로 낡은 소반이 하나 놓였을 뿐이다.

언제 볼지 몰라요. 죙일 기다려야 할 거요. 어지도 왔다가 그냥 갔다니까. 묻지도 않았는데 머뭇거리는 모양새를 보고 너도나도 한마디씩 일러 준다. 나도 어지부터 기다렸제. 기다림이 기본임을 강조하는 듯했다. 말인즉슨 무당 할매가 지금 기도하러 갔는데, 언제 올지 모른다. 와도 대여섯 명 이상은 보지를 않아 도대체 언제 차례가 될지 짐작할 수 없다는 것이다. 그 말은 후배에게서 이미 듣고 왔다. 굳이 꼭 와야 했던 것도 아니었다. 다만 후배 말이 그 방의 분위기가 참 독특하다고 했다. 다른 점쟁이처럼 일대일로 대면해서 상담하는 것이

아니라는 것이다. 사람들이 그득찬 방 웃목에서 상담하
는데 너댓 평 작은 공간이다 보니, 그 내용이 빤하게 다
들린다. 모두 듣고 관여할 수밖에 없다는 것이다.

하나하나 상담하는 내용들이 다 그렇고 그런 사는
문제이다 보니, 특별한 무당이 아니라도 서로 공감할
수밖에 없다. 이곳에 이렇게 앉은 사람들은 마음이 가
난해질 대로 가난해진 상황이 아닌가. 남의 입장에 에
그 쯧즈 혀를 차다 보니, 한 마디씩 건네다가 괜히 함께
울고 함께 웃게 된다는 것이다. 그러다 스스로 자기 치
유를 하는 셈이라고 고향 후배는 강조했다. 세상의 여
울을 다 고단하게 건너는 중이라 제 경험을 가지고 끼
어들기도 하고, 제 나름 이치를 중얼거리다 보면 이미
문제의 반은 해결된다는 것이다. 무당이 굳이 나서지
않아도 말이다.

정말 세상 여느 곳에서도 볼 수 없는 독특한 장소라
고, 꼭 점을 쳐서가 아니라, 정말 한번 가 볼 만한 곳인
데, 작가라면 스케치를 위해서라도 꼭 가야 할 곳이라
며 후배는 수다를 떨었다. 남의 얘기만 종일 들어도 벌
써 자기 문제는 해결된다는 말에 귀가 솔깃했다. 게다
가 그 집 대문은 깊은 바다색인데 스물네 시간 닫히는

법이 없어 언제든 들어가 기다려도 된다고 강조했다. 아무나, 언제나, 어떤 문제나 드나들 수 있는 공간, 그만한 환대가 있는 곳이라는 것만으로 뭔가 홀가분해지고 호기심이 일었다. 열려 있다는 것, 얼마나 고마운가.

딸 윤희가 가출한 지 한 달이 가까워지고 있었다. 아닌 게 아니라, 가슴이 탈 대로 타 버린 은이였다. 점을 치는 게 결코 답이 될 수 없다는 것을 알면서도 그저 그 방 풍경이 궁금하다는 핑계로 부산으로 내려왔다. 은이 뒤로도 한 사람이 들어와 더 끼어 앉았다.

기다리면서 사람들은 얘기를 쏟아 놓는다. 고달픈 신세란 저절로 배어 나오는 법이어서인지 낯선 이들은 서로 낯설지 않은 모양이다. 왜 왔는가, 이렇게 해 보라는 둥 몇 번 말이 오가다 보면, 함께 욕해 주고, 함께 아파해 준다. 살면서 타인에게 가장 너그러워지는 시간이 되는 것이다. 민중이란 그런 것인가. 아등바등 살았는데도 속수무책으로 가난하고 고달픈 사람들은 그저 제 목소리 들어 줄 누군가가 있는 것만으로도 살 만해 한다. 연민으로 고개를 끄덕이다 보면 이미 치유되는 것과 같다. 모든 답은 서로서로의 눈빛과 고개 끄덕임에서 이미 나오는 것이다. 한참 길을 어긋나 버린 자식들이야기, 가슴에 울화로 묻혀 있던 배신들, 잃어버린 것들, 도무지 갈 데가 없어진 발길, 응어리가 된 분노와 고통이 이 방에서는 호밋자루에 찍힌 감자알처럼 주저리주저리 올라온다.

무당 할매는 이미 그것을 알고 있는지도 모른다. 그래서 그는 자리를 마냥 비워 놓는 걸까. 너희들끼리 문제 풀고 있으라는 자습 시간처럼 무당은 중간중간 사라져 하염없이 사람들을 기다리게 한다. 이런저런 주절거림이 두 시간 넘도록 이어지고 있었다. 작은 방에 낯선이들이 이렇게 촘촘히 앉아 오랜 지기처럼 기대고 있는 것도 신기하다. 어떤 절박함, 어떤 간절함이 이 공간을 만들고 있는 것일까. 아마도 절망이라는 힘이 아닐까. 그런데 누군가가 어디에 땅을 살까, 하는 부동산 문제를 가지고 온 모양이다. 주절거림은 갑자기 집값, 땅값 이야기로 한참 맴돌고 있었다. 은이처럼 처음 왔는지, 그럴듯한 목걸이가 눈에 띄는 젊은 여인이 갑갑한 듯 문득 내뱉었다. 와 이리 안 오지요…. 할매바위에 기도하러 갔다니까. 삼신할매를 모셔 와야 점을 보제. 오늘 안 올지도 몰러. 아주 단골이 된 듯한 할머니의 대꾸에 누군가 또 한 마디 던진다. 삼신이 아니라 삶신이라

그러대. 증말? 삶신? 말이 되네, 삶이란 뿌리 같은 거제, 목숨 챙기는 기 맞는 것도 같네 뭐.

수군거림이 깊숙한 우물처럼 다가왔다. 은이도 그런 말을 들은 적 있다. 보통 삼신은 한자 삼신(三神)으로 알고 있으나, 잘못 알려졌다는 것이다. 삼신은 본래 세 분이 아닌 한 분인 '삶신'으로, 웅녀를 지칭한다. 그래서 삶신은 나라의 어미라는 말에 은이도 고개를 끄덕인 적이 있다. 그때 누군가 끼어들며 마고가 바로 삼신할미라고 강조했다. 적어도 일만 년 넘도록 우리가 숭배해 온 창조신이라는 것이다. 은이는 마고에 꽤 흥미를 느꼈고, 한동안 그런 상상력을 담고 지내기도 했다. 유년 시절 은이가 늘 소풍 가던 봉래산은 바로 마고의 바위가 있는 곳 아닌가.

할매바위는 봉래산 정상에 있는, 삼신할매가 사는 바위다. 삼신할매는 고대로부터 부부에게 아이를 잉태시키고, 낳게 하고, 잘 자라게 돕는다. 삼신을 산신(産神), 출산을 관장하는 신으로도 숭배하였다. 기실 신보다는 우리네 할머니일 것이다. 어쨌거나 삼신이든 삶신이든 산신이든 권능을 가진 할머니가 곁에 있다는 건 얼마나 고마운 일일까. 아기가 태어날 때 빨리 세상에 나가라고 볼기짝을 철썩 때려 주는 할머니. 엉덩이에 푸른 멍자국은 그 때문이라지 않는가. 한 여자가 시아버지의 고약한 성미 얘기를 꺼내면서 이야기는 시집살이 방향으로 흘러갔다.

문득 돌아가신 할머니가 떠올랐다. 마지막 관 뚜껑을 덮기 전에 엄마는 할머니에게 인사하라며 손짓했다. 시선이 닫힌 푸르퉁퉁한 얼굴을 보는 순간, 아홉 남매의 빨래를 널어놓고 한참 바다를 바라보던 뒷모습이 함께 겹쳐졌다. 은이는 순간 온몸이 뜨거워지면서 울컥했다. 아홉 남매에다 들어와 사는 며느리와 손주들까지 합하면 집은 늘 좁았다. 좁은 것과 반비례하여 빨래도 많고 불평도 많았다. 삼촌들이 기름 냄새에 전 작업복을 벗어 놓으면 할머니는 종일 맨손으로 그것을 빨았다. 작업복을 방망이로 두들기고 힘에 버거울 때는 발로 꾹꾹 밟아 깨끗이 빨아 널었다. 그것이 할머니의 우주였다. 허리를 펴면 할머니는 그대로 바다와 마주치는데, 그때마다 할머니 눈동자는 망연해졌다. 어딘가로 떠나고 싶었을까, 무언가를 기억했을까. 아님 깊은 바다가 그리 아름다웠을까. 쪽방 봉창으로도 바다는 환하게 보였기에 은이 또한 봉창 속에서 그런 할머니를 자주 읽었다. 하얗게 센 쪽진 머리를 바라보면서 할머니 가슴속이 궁금할 때가 많았다.

할머니는 또 틈틈이 부업을 했는데, 그 일거리라는 게 이쑤시개 끝에 비닐꽃을 다는 일이었다. 틈나는 대로 마루에 앉아 할머니는 가위질이 된 얇은 오색 비닐들을 이쑤시개 끝에 감아 꽃술을 만드는 일을 했다. 할머니 손끝에서 피어난 색색의 꽃들, 무더기로 피어 박스에 담겨 나가는 이쑤시개. 은이에게 할머니의 노동은 신성했다. 늘어날 대로 늘어난 낡은 스웨터의 손목 그리고 그 손끝에서 나오는 색색의 이쑤시개, 그것도 할머니의 우주였다. 어린 은이가 유심히 따라 하면 늘 잠잠하던 할머니는 그 순간에만 환해졌다. 아이고, 우리 은이, 내 새끼, 참 잘허기도 하네, 아이고 참해라. 그 낮은 탄성. 그 사소한 일들이 지루하지도 않은 듯 종일 묵묵히 한 바구니씩 만들어 공장에 갖다주곤 푼돈을 얻었다. 그런 날이면 밥상에 꼭 두부가 올라왔다. 종종 과자도 건네주던 할머니. 열 살의 어린 마음에도 할머니는 너무 많은 일을 한다, 할머니는 너무 착하다, 할머니가 하나님 같다는 생각을 하곤 했다.

그 대가족의 복닥거림. 비만 오면 우산 때문에 싸우

고, 날씨가 좋으면 머리빗 때문에 싸우면서 은이는 성장했다. 뾰족구두를 신고 산동네 오르내리기 어렵다고 매일 투덜거리던 막내 고모는 그래선지 어린데도 불구하고 제일 먼저 집을 떠났다. 객지로 나가 오래 떠돌던 고모는 결국 이혼하고 딸애 하나를 달고 영도로 돌아와 작은 주점을 차렸다. 그러고 보니 그 남매들은 하나같이 객지를 향해 들락거렸다가도 결국 영도에 뿌리를 내렸다. 하급 선원으로 먼바다를 돌던 큰아버지도 봉래산 기슭에서 숨을 거두고 그 자락에 묻혔다. 가난한 골목 안 할머니 손에서 자란 남매들이 다시 할머니 할아버지가 될 때까지 영도를 벗어나지 못하고, 지금도 섬자락 서민 아파트에서 올멍줄멍 살아가고 있다.

문이 벌컥 열리면서 무당 할매가 들어왔다. 뭐 하러 그렇게 잔뜩 모여 있냐는 듯 아랫목에 모인 사람들을 일별하고는 윗목에 털썩 주저앉는다. 통명스러운 모습이다. 은이는 괜히 반가웠다. 마치 할머니가 돌아온 느낌이었다. 기다림이란 그런 반가움일까. 일순 조용해지면서 모두들 여태까지의 수다와는 다른 새로운 기대로 방 안이 출렁거렸다.

댁이 먼저네. 모퉁이서 자꾸 눈물을 찍고 있던 중년

여자에게 한 할머니가 옆구리를 찔렀다. 유달리 몸집이 작은 여인이 주섬주섬 몸을 추스르며 무릎걸음으로 무당 할매 앞에 나갔다. 하도 좁은 데 여럿이 옹그려 앉은 상태라 서로 몸을 비켜 주며 길을 만들어야 했다. 앉자마자 눈물부터 찍는다. 다짜고짜 호통이 터져 나왔다.

울지 마, 뭐 잘했다고 울어 이년아. 니년이 잘못했네. 자식들이 니 꺼여? 니년이 너무 고집이 세고 욕심이 많어. 셋 다 니 꺼 아니니께, 버려. 지금 아파 누운 아이도 내보내. 그러믄 낫어. 가능하믄 먼 데로 보내. 외국도 좋아. 다 전생에서 복수하러 온 애들이야. 그만큼 키워 줬으면 됐어. 보내 줘. 그래야 새끼들도 살고 니도 살어 이년아. 애들이 잘 안 풀리는 것도 다 니 때문이니까 빨리 보내. 보내믄 다 잘돼. 그리고 대신 닌 다른 집 새끼들 돌봐. 그러믄 돼. 봉사도 좋고. 돈벌이를 하더라도 다른 집 새끼들 돌보는 일 해야 해. 그게 업이야.

상담자가 뭐라고 한 마디 꺼내지도 않았는데, 무당 할매가 일방적으로 혼내고 있었다. 중년 여자는 더 고개를 조아렸다. 저 집 딸들이 다 그렇게 애물단지래요. 옆자리 사람이 여자에게 귓속말로 속삭였다. 애지중지 키운 딸들이 이리저리 버긋하여 집을 나가 버렸고, 막내 하나 붙들고 있었는데, 얼마 전에 큰 수술을 했단다. 딸들이 다 어미를 그다지 좋아하지 않았다. 남편이 일찍 죽어 세 딸 의지하고 살았는데 딸들이 모두 썩은 빗자루였다는 것이다. 막내 수술에 전세금 빼고, 빚까지져 살길이 막막해진 형편이었다.

그 상담자는 한 마디도 못 꺼내고, 무당 할매의 말은 간결하고 단호했다. 여자는 고개 수그린 채 조금 더 앉았다가 그냥 만 원짜리 한 장 내놓고 일어섰다. 계속 눈물을 찍으며 방을 나갔지만, 그 걸음에는 어떤 결정이 서린 듯했다. 갑작스런 호통에 방은 일순 조용해졌다. '다 니년 잘못'이라는 말이 모두의 가슴에 꽂힌 것일까. 누가 그 말을 피해 갈 수 있을까. 윤희는 엄마의 마음을 읽고 있을까. 가슴 한 모퉁이가 쩡하게 아파 왔다. 잠시 모두 막막한 채인데 유일하게 혼자이던 남자가 윗목으로 나갔다. 자기 차례라는 것이다.

힘들제. 뭘 알고 싶누. 무당 할매 목소리는 아까와는 전혀 반대로 눅눅해졌다. 역시 이미 모든 것을 알고 있다는 듯한 말투였다. 아이 엄마가 언제쯤. 찾을 필요 없다. 조상들이 두 애를 잘 돌봐 줄 거니 혼자 키워 봐라. 그래도, 애들이 어려. 초등학생인데. 남자는 고개를 수

그린 채 말을 겨우 이었다. 안다. 사람이 우째 안 그립겠노. 그런데 그년은 아인 기라. 두 아이가 불쌍치만 잘 큰다. 곧 도와주는 사람이 나타날 끼다. 그년도 미워하지 마라. 아직도 그런 일 몇 번 더 있을 끼고, 결국은 불행한 년이다. 운명도 운명이지만 그년이 선택한 기라.

문득 은이 맞은편에 앉아 있던 노인네가 툭 끼어들었다. 미친 년이제, 우째 아아들을 두고 가노. 보소. 마이자뿌소. 그 옆 아주머니도 금방 거든다. 그런 년은 와도 받아 주믄 안 되는 기라. 갑자기 그때부터 너도나도 벌 떼처럼 한 마디씩 다 거든다. 바람이 나도 우째 그리 나노 아저씨, 우리 옆집에도 그런 사람 있었는데, 찾아봤자 소용없더라카이. 겨우 찾아 달래가 데불고 왔는데 또 나가더라카이. 집이 어데요? 아이고 우리 동네 쪽이네. 보소. 젊은 양반, 우리 노인회에서 도와주께 아아들 걱정은 말거래이. 돈 벌러 댕기라. 아아들은 우리가 좀 봐 주께. 우리도 그 옆 동넨데. 초등학교 댕기믄 우리 손자랑 비슷하겠네. 학교도 같은 데 아이가? 도와주께. 그리 코 빼고 있지 마소. 세상사 별거 아이다. 그런 어매는 아이들한테도 별로 안 좋은 기라. 차라리 없는 게 낫제. 아부지가 열심히 살믄 아아들이 나중에 다 알아준다.

무당 선생님이 도와주는 사람 나타난다고 안 하나. 힘 내소. 세상에는 억지로 안 되는 일도 있제. 마음 비우고, 아아들을 믿으소.

혀를 차면서 모두 함께 분노하고, 함께 궁리하는 분위기가 되고 말았다. 이상한 건 무당 할매가 가만히 있다는 것이다. 마치 늘 그래 온 것처럼. 묵묵히 사람들이 보태는 말을 다 듣고 있었다. 참 이상한 점집이라더니. 동네 사랑방 같은 분위기다.

은이는 갑자기 유쾌해졌다. 불현듯 답이 생겼다. 앞 여자가 눈물만 찍다가 한 마디 말도 못 하고 떠날 때 답은 이미 나왔는지도 모르겠다. 자신이 문제였던 것이다. 아내가 집을 나가 버린 이 남자도 이미 답을 얻었을 듯했다. 은이 자신은 무얼 내려놓을 것인가. 갑자기 할매바위가 보고 싶어졌다. 할매바위. 유년 시절 소풍을 갔다 하면 그곳이었다. 삶은 달걀과 김밥과 사이다는 소풍 때나 먹을 수 있는 특식이었다. 봉래산 정상에 도착하면 부산 시내가 환하게 열렸다. 할매바위 옆에서 소풍 가방을 열고 김밥을 꺼내면 세상은 얼마나 만만했던가. 그리고 보물찾기를 했다. 그 간절한 보물찾기. 소풍 때 말고도 동네 아이들과 뛰어다니다 보면 어느 결에 가둬던 곳. 참 오래도 잊고 살았다.

차례대로라면 은이는 한참 멀었다. 하루 대여섯 명
이라니, 오늘 못 볼 확률이 많다. 게다가 답이 나왔지 않
은가. 다 욕심이었고 내 탓인 것이다. 왜 그걸 몰랐을까.
고통스러웠던 건 자신이 아니라 딸이었다. 윤희의 외로
움이 다가왔다. 윤희를 믿자. 그게 답이다. 열차 예약 시
간도 있긴 했지만, 무엇보다 할매바위가 보고 싶었다.
풍랑 같은 웅성거림이 끝나고 또 다른 상담자가 앞으로
나가 쭈그리고 있었다. 돈 떼인 억울함을 쏟아 놓던 사
람이었다.

모두 점쟁이가 되고 예언자가 되고 선각자가 된 듯
한 방 안에서 은이는 조용히 일어났다. 마루에는 여전
히 명부가 어떤 경전처럼 고요히 펼쳐져 있고 희미한
햇빛이 스미고 있었다. 현관 신발들은 낡고 소박한 기
원을 그대로 보여 주고 있었다. 현관문을 밀고 한 번도
닫힌 적이 없다는 푸른 대문을 밀고 나왔다. 파도를 타
는 느낌이었다.

낮은 신발이라 할매바위까지 올라가는 데는 별 무
리가 없어 보였다. 아주 가끔 들르긴 했지만 영도를 떠
난 지 사십 년, 이렇게 돌아온 걸 보면 삶신할매가 영도

사람들을 키운다는 말이 맞긴 맞는 모양이다. 은이는 홀홀 가벼워졌다. 이미 영도다리를 건너던 순간 골목골목 배어 있던 추억들이 점차 아름다운 무늬를 이루고 있었다. 추억은 산화되지 않는구나. 할머니 모습이 선명해졌다. 삶의 구석구석을 훔쳐 일상을 말갛게 만들곤 한참씩 바다를 바라보던 뒷모습이 할매바위 자태와 겹치고 있었다. 묵묵히 아홉 남매를 낳고 거두고, 묵묵히 바다를 기다리다가 할머닌 그예 거대한 바위가 되어 버렸을 것이다.

그랬다. 그러했을 것이다. 영도의 모든 사람들, 오래전 세상을 떠난 할머니부터 아까 그 방 안의 모든 사람들은 다 할매바위의 그늘을 입고 살았고, 또 할매바위가 되어 가는 중이었다. 봉래산은 어머니 품과 같은 형상이다. 영도 주민은 이곳을 떠나서는 잘 살 수 없고, 영도를 나가면 할매가 싫어한다는 속설을 어릴 때 들은 적이 있다. 하지만 그건 아닌 것 같았다. 봉래산 삶신할매는 어머니처럼 영도에선 잘 끌어안았다가 밖에 나가면 고생할까 걱정하는 마음이 된다. 그리고 그저 기다린다. 그저, 그냥, 하염없이.

천천히 산길을 오르다 보니 바다가 더 가까워지고

있었다. 영도 할매도 당산신으로서 오랜 전승을 거친 하나의 우주 질서이리라. 마고에 대한 상상력을 넓히다 보니 은이는 갑자기 영도다리를 넘으면서 느낀 어떤 근원적 힘의 정체가 선명해졌다. 생명의 고대가 자신을 부르고 있었다. 그 뿌리는 또한 윤희에게 닿아 있을 것이었다. 마고도 그렇고, 웅녀도 그렇고 할매바위도 그렇고 단순한 전설이 아니었다. 우리 내부에 있는 어떤 신성한 힘이 삶을 끌어가고 있음을 일러 주는 작은 표지가 아닐까.

쿠웅, 하는 울림과 동시에 가슴이 천천히 열리고 있었다. 자신이 마고의 핏줄, 웅녀의 핏줄인 딸을 무딘 질서로 옭매는 밧줄이었음을 알았다. 자본주의의 허위 속에서 내세우고 싶었던 그럴듯한 체면이란 얼마나 유치했던가. 윤희는 마고의 신성함, 웅녀의 자비함을 다 갖춘 여신이었던 것을. 자신은 도대체 얼마나 오래 그 신성을 잃고 살았단 말인가. 그렇게 맑고 깊은 여울을 이제 할매바위를 찾아가면서 알게 되다니. 할매 전설 자체가 씻김굿 같은 것이었다. 허망한 불안을 씻어내는, 하늘과 영혼을 잇는 굿. 그리고 할매 전설 속의 할매가 곧 자신의 할머니였음을 깨달았다. 그러고 보니 아까

방 안에 옹기종기 앉아 서로를 붙들고 있는 것처럼 보이던 사람들이 모두 할매였다. 모두 은연중 신이 되어 가는 중이었다. 그래서 산복도로 가난도 충분히 눈부실 수 있는 것이리라. 그것이 할매바위의 영험인 것을.

봉래산 자락에서 내려다본 바다 풍경은 그 증거를 충분히 펼쳐 놓고 있었다. 누가 저 대자연의 편지를 제대로 읽고 있을 것인가. 윤희에게 이곳을 보여 주고 싶었다. 남해와 동해의 쪽빛 경계가 멀리 보였다. 그래서 여기서는 누구나 신선이 될 수밖에 없다. 영도 바다는 언제나 열려 있는 푸른 대문이었다.

할매바위가 저만치 보였다. 해마다 소풍 가던 그 길, 동무들과 달음박질로 오르던 길은 이제 등산로로 가꾸어져 있었다. 산길을 오를수록 수평선이 가까워지고 있었다. 그래 나를 키운 건 저 수평선과 저 배들이었지. 영도의 신성, 그 신성을 다스리고 있는 할매바위는 우주가 품은 원형적 슬픔과 기다림이었으리라. 얼마나 오래 나를 기다렸을까. 마음이 바람 탄 풍선처럼 떠오르고 있었다. 곧 윤희를 데리고 올 수 있을 것 같았다. 기차를 놓치는 것쯤 아무 상관이 없었다. 기다림은 오래될수록 맑은 물 한 잔처럼 고요한 법이다. 저 수평선처럼 말이다.

깡통 자동차와 바람개비

어느 하루도 연습일 수 없습니다

순간순간이 대지의 살아 있는 공연입니다

펄럭펄럭, 푸른 몸짓을 가진 바람은 암각화 속에서 날아온 원시의 새 떼 같았다. 주술의 고리가 풀린 고대의 예언처럼 훅, 이마를 때리고 지나는 바람. 어느 먼 숲에서 눈 비비며 깨어난 바람이리라. 풀 냄새로 엮은 목도리를 두르고 바람은 여행을 시작했을 것이다. 태평양과 대서양 그리고 벵골만을 건넜을 것이다. 그러다 거친 모래 구릉을 만났을 것이고, 목도리를 잃어버린 채 툰드라의 눈보라를 만났을 것이고, 해골처럼 뼈만 남아 잔잔한 봄 바다의 물결을 만났을 것이다. 그러면서 바람은 혼자 울었다 웃었다 혼자 야위었다 부풀었다 젊었다 늙었다 하면서 사람들과 부딪혔을 것이었다. 가지에 걸린 달빛을 타고 그네를 뛰었을 것이고, 초록 바위에 철퍼덕 주저앉은 햇살로 미끄럼을 탔을 것이다.

세상 이야기에 젖어 바람은 보이지 않는 소문이 되었을 것이다. 바람은 고흐의 붓끝에도 닿았을 것이고, 카프카의 창가를 두드렸을 것이고, 버지니아 울프의 책상에도 앉았을 것이다. 바람이 싣고 다니던, 그러다 툭툭 떨어뜨리기도 했던 이야기들은 꽃으로 피어났다가 갯내가 되었다가 새털구름이 되었을 것이다. 그렇게 세상의 맨살을 어루만지며 삶과 죽음 속속을 들여다보던 바람.

어느 한 자락이나 허투루 불었을까. 실오라기 같은 흐름에도 이미 수억 년의 DNA가 진화를 거듭하고 있을 것이었다. 단이는 곤충을 채집하듯 바람을 살짝 흔들었다. 손가락 사이로 먼 풍경이 묻어났다. 해변을 산책하는 사람들 구두 뒷굽에, 팔짝거리는 아이들 소맷자락에 무심히 매달린 바람 꼬리를 응시했다. 모든 결의 꼬리마다 녹색 눈동자들이 반짝이는 듯했다. 마치 공작

새처럼.

하지만 단이는 이내 바람에 담긴 찐득찐득한 어둠의 냄새를 맡았다. 꼬리에 달린 무수한 눈들은 매섭고 슬펐다. 그것은 달팽이의 뿔 같은 시간을 매달고 있었다. 어떤 전율이 일었다. 저 바람은 아득한 원시에서부터 불어 한 번도 멈추지 않고 지구를 돌고 있을 것이었다. 그 언제 적의 그 어떤 부름. 자신을 끌어당기는 낯선 혼의 갈퀴 같은 게 느껴져 머릿속이 텅 비었다. 발걸음을 멈추었다. 바다는 모든 걸 허상처럼 비추고 있는 거울이었다. 누군가의 심장 안에서 삐져나온 슬픔들이 햇살에 투명한 해파리처럼 풀어지고 있었다.

섬을 파라다이스로 만들고 있는 것은 햇살이었다. 휴일 태종대 햇살은 종일 모든 불안을 가리고 있었다. 삼십만 명 정도가 살고 있는 섬 자체가 한 개 거대한 비치파라솔 같다는 생각을 단이는 종종 했다. 영도의 저녁 햇살은 세상에서 가장 다양한 빛깔을 갖고 있었다. 지금은 금빛 뿌리듯 고단한 삶을 살짝살짝 덮어 눈부신 환(幻)을 만들고 있었다. 하지만 단이에게 그건 마치 정물화에서 나온 평화 같았다. 햇살 속에서 사람들은 그 평화를 의무처럼 실행하는 듯했다. 최선인 듯 환하게 웃고 있었다.

단이는 자주 태종대를 산책하는 편이다. 도시의 끝, 아님 태평양의 시작이라 여겨서일까. 도시는 단이에게 점점 웅덩이가 되어 가고 있었다. 편리와 집착만이 잡풀처럼 자라는 일상이라는 습지는 점점 기계가 되어, 매사 그럴듯한 이유를 자동적으로 만들고 있었다. 불안과 부조리, 무료함과 평화, 불평과 나태 그리고 침전. 이러한 단어들은 어느새 새로운 머플러나 새로운 가구들로 바뀌어 있었다. 부엌과 고깃간과 백화점을 돌면서 무심한, 점선으로 된 나선은 일상을 점점 희미하게 만들었다. 그 점선을 따라 권태가 종이꽃처럼 피어났다. 그리움도 퇴색하고 경이로움도 낡은 커튼처럼 늘어졌다. 무심히 살아 보자, 마음먹었지만 그것도 자유가 아니었다. 누군가의 불운을 보며 생명을 서러워하는 것도 지겨웠다. 끝없이 합리화하는 데에 지쳐 가는 자신이 찬장 속에서 절어 가는 멸치 같았다.

수평선이 황동빛 노을을 준비하는지 주변에 오렌지빛이 번지고 있었다. 그 노을을 팔기 위해 주변 가겟방들이 불을 밝히는 중이었다. 그때였다. 돌돌돌돌. 무언가가 구르는 소리. 바람일까, 자갈일까. 돌돌돌돌. 무심코 고개를 돌리던 순간, 가슴 밑바닥에서 탄성이 터졌다. 산책 중인 많은 무리를 헤치고 작은 장난감 자동차가 굴러 나왔다. 얄팍했지만 어깨를 달랑거리며 의기양양 구르고 있었다. 길이 사십 센티나 될까. 아, 그러나 그것은 사람들이 쓰고 버린 식용유 깡통으로 만들어진 것이었다. 저녁 햇살에 온화하게 반짝거렸다. 언뜻 보기에도 아주 정교하게 만들어져 있었다. 운전석과 창틀, 그리고 바퀴. 바라보는 사람들의 탄성을 충분히 받을 만했다. 정성과 섬세함이 통증처럼 다가왔다. 돌돌돌돌.

순간 어떤 얼굴들이 헤드라이트 불빛처럼 불쑥 나타났다 사라졌다. 유년 시절 깊은 대나무 숲속에 동전처럼 떨어져 있던 빛방울들, 사립문짝에 피어 있던 달개비꽃들이 떠올랐다. 탱자 울타리에 노오랗게 매달린 탱자들과 샛노란 벼들 사이로 후드득 튀던 메뚜기들도 동시에 몰려왔다 사라졌다. 감꽃 목걸이와 쑥 바구니의 향기, 밤 기차의 유리창에 흐르는 어둠 같은 흐름과 소풍길에 재잘재잘 피어나던 웃음도 후욱 번지다 사라졌다. 왜일까. 오래된 그림책을 넘기듯 빛깔 있는 페이지들이 순간적으로 펼쳐졌다. 그때 불던 바람들. 가볍고 따뜻한 눈빛을 가진 비눗방울들.

더 충격적으로 와닿은 것은 깡통 자동차가 아니라 그것을 끌고 있는 사람이었다. 구십은 훨씬 넘었을 듯싶은, 얼굴 전체에 주름이 한가득한 노부부였다. 투명한 백발을 가진 할아버지가 끌고 가고, 팔짱을 낀 아내는 지팡이를 짚은 채 따라 걷고 있었다. 한눈에도 할머니 걸음이 불편해 보였다. 너무 어울리지 않는, 아니 너무 어울리는 조합이었다. 노인은 깡통 자동차로 바람을 돌리고 있는 중이었다. 자신이 감은 바람을 자신이 푸는 중임을 보여 주고 싶었던 걸까.

　두 노인의 얼굴에 번지는 자랑스러움과 천진스러움. 행인의 한결같은 감탄을 받으며 그들의 얼굴에는 티 없는 웃음이 피어났다. 예사롭지 않던 오늘 바람의 실체가 드러나는 것 같았다. 코끝이 시렸다. 깡통 자동차는 홈 패인 보도를 으쓱이며 주행하고 있었다. 노인은 거의 모든 사람과 눈웃음을 나누고 있었다. 자신에게 닿는 친근한 미소를 받으며 단이는 가슴 밑바닥에 고이는 강물을 느꼈다.

　여러 겹을 덧대어 손질한 듯 자동차 몸체는 얇아 보여도 단단했다. 바퀴 소리가 그것을 증명하고 있었다. 다듬는 데 얼마나 오래 걸렸을까. 저 나이라면 아마 매우 더디고 힘든 작업이 아니었을까. 여러 연장을 늘어놓고 자르고 붙이며 모든 열정을 기울였을 것이다. 할머니는 하나하나 지켜보며 응원하고, 깡통 자동차를 끌고 나갈 날을 손꼽았을 것이다. 손자랑 놀아 주기도 쉽지 않을 나이에 그들이 몰입한 작업. 단이를 울컥하게 한 것은 그 진지함과 선한 열정이었다. 자신에게는 쓸모없는, 먼 나라의 녹슨 동전같이 되어 버린 그 순수한 의욕.

깡통 자동차는 한 노인이 얼마나 자신과 세계에 충실했는가, 얼마나 아내에게 충실했는가, 그리고 이웃에게도 사물에게도 얼마나 최선이었는가를 조용조용 말해 주고 있었다. 심장이 두근거렸다. 그 깡통 자동차는 무엇을 싣고 왔던 걸까. 또 노인이 끌고 가는 저 바람은 무엇을 전언하고 있는가. 두 노인은 멀리 밤으로부터 걸어 나오는 두 그루 푸른 미루나무 같았다.

세상살이는 저 바람들처럼 어느 한 자락도 허투루 구르는 것이 없다. 모든 죽음도 고통도 삶에 환희를 만든다. 매일 같은 공간에, 같은 얼굴로, 같은 것을 먹으며 살지라도 어느 하루도 연습일 수는 없다. 순간순간이 찬란한 우주의 공연인 것이다. 매 순간이 영혼의 진보가 일어나는 기적. 죽은 채 살아가는, 매일 죽고 매일 살아나는 저 희푸른 약속을 우리는 기억해야 한다. 저 바람이 가져온 소식들 하나하나, 얼마나 깊고 오래된 안부인가 말이다.

나는 바람개비다. 우리 모두 바람개비다. 깡통 자동차는 모든 행인들에게 비밀을 전하는 바람개비처럼 흐르고 있었다. 모든 숲은 그늘을 가지고 있고, 불쑥불쑥 나타나던, 어떤 전생인지도 모를 얼굴도 그늘을 바람개비처럼 돌리는 중일 것이다. 답안지 같은 그늘들. 넌 무엇을 두려워하니. 전혀 모르는 저 표정들은 고생대부터 살아온 얼굴들이고, 원시적부터 불어온 나의 바람들이다. 단이는 자신이 두려움에 갇혀 있다는 것을 깨달았다. 돌돌돌돌. 환청 속에서 바람은 노을을 휘감고 있었다.

저 깡통 자동차를 타야 해. 몸이 쪼그라들 대로 쪼그라든 노부부의 달팽이 같은 걸음을 단이는 따라가기로 했다. 할머니의 불편한 뒤꿈치 한 발짝 한 발짝마다 바람이 튀어 올랐다. 단이 발밑에서도 돌돌거리는 소리가 나는 것 같았다. 깡통 자동차로 삶을 증명해내는 노년의 성실한 노력. 존엄한 한 풍경이 단이를 바람개비로 끌어 올리고 있었다.

단이는 제 안에서 바람 한 줄기가 마치 산 중턱에서 흐르는 개울물 소리를 내며 일어나는 것을 감지했다. 그래. 난 바람개비야. 바람이야. 바람의 중심이야. 어떤 부추김이 뭉뚱그려진 일상을 미세하게 만들고 있었다. 바람은 멀리서 불어온 게 아니야. 언제나 단이 자신의 손길에서 발길에서 바람은 시작했던 것이다. 자신이 감아 올려야만 하는, 아니 감아 돌리면서 풀어내어야 하는 세계가 있다는 것을 느꼈다. 그럴듯한 이유만 만들고 있는 모순을 거부해야 했다. 영혼은 합리화시킬 수 없어. 저 깡통 자동차를 타야 해. 어떤 향수가 활기차게 후두둑 일어났다. 폐허로부터 싹트는 것들. 그것들을 만날 거야.

그때 미친 바람처럼 새가 날았다. 돌돌돌돌. 새의 날개에서 소리가 났다. 단이는 자신도 그렇게 굴러갈 것임을 확신했다. 자신의 싸구려 엄살과 우울이 휘발되고 있었다.

영도다리 아래에서 물어보라

생명 세포는 기다림으로 되어 있습니다

기다려야 하기에 살아갈 수 있습니다

영도다리가 저만치 보였다. 다리 풍경이 한눈에 담기는 순간 자신의 몸속을 가로지르는 어떤 우주를 봉이는 오롯하게 느꼈다. 바다 비린내 푸득이는 난간을 갈매기가 눈부시게 넘나들고 있었다. 영도다리가 내 척추를 이루고 있었구나. 영도를 떠나 있는 동안에도 이 풍경은 꿈틀꿈틀 내 몸 안에 살고 있었구나. 다가갈수록 알지 못할 어떤 기운이 봉이를 부드럽게 풀어내고 있었다.

태내에서부터 하늘과 바다를 한눈에 담고 건너다닌

영도다리이다. 다리에 이르자 아홉 살 계집아이가 떠오른다. 겨울바람을 그러안고 종종걸음 치는 아이. 세찬 바람이 뜨개 모자에 달린 방울을 사정없이 흔들어대곤 했다. 한 발짝 뗄 때마다 꼭뒤에서 달랑대는 방울 박자를 의식하며 시린 발을 부지런히 옮기던 아이, 그래야 바람에 날려가지 않을 것 같았던 그 아이는 그 모습 그대로 육십을 훌쩍 넘겼다. 어려서인지 그 시절 다리는 참 길고 멀었다. 다리를 다 건너 영도에 발이 닿는 순간 갑자기 훅 끼치던 안온한 바람.

언제쯤이었을까. 상상만 많을 때였는지, 철들 무렵인지 분명하진 않지만 골목길에 들어설 때마다 그곳이 신선들이 살던 동네임이 틀림없다고 확신했다. 신선동이라는 이름 때문에 이 가난한 동네가 특별한 의미가 있을 거라 여긴 봉이였다. 골목을 누비고 다니면서도 그땐 그것이 세계 전부라 믿고 자신이 신이 될 수 있을 것처럼 행복했다. 영도다리 너머 주산 학원이 있는 까닭에 봉이는 봄 여름 가을 겨울 다리를 매일같이 건너 다녀야 했다. 온몸으로 바닷바람을 끌어안고 걸어야 했던 한겨울. 칼바람이 종아리를 쪼는데도 꿋꿋이 걸었던 날들. 또 여름에는 얼마나 깊은 비린내를 안고 땀을 흘려야 했던가. 비로소 봉이는 자신을 키운 게 무엇인지 기억해냈다.

큰딸은 살림 밑천이라고 확신한 아버지는 상업학교에 진학시킬 요량으로 아홉 살 때부터 봉이를 주산 학원에 보냈다. 골목길을 내려와 다리를 넘고, 다시 넘어와 산복도로를 오르는 일이 오후의 일과였다. 주산 학원을 그만둔 건 중학교에 간 무렵이고, 중학교는 또 대신동에 배정되어 다시 다리를 넘어 다녀야 했다. 오륙 년 동안 하루도 빠짐없이 영도다리를 넘는 게 일상이었던 것이다. 신선동을 내려와 봉래동을 거쳐 다시 오르는 신선동 골목은 어쨌거나 신선이라는 찬란한 상상력을 선물했다.

다리에서는 청학동에서 영선동까지 산복도로가 한눈에 읽힌다. 그 언덕을 바라보면서 봉이는 어렸을 적 꿈이 작가였음을 기억해냈다. 학창 시절, 매사에 주눅이 든 편이던, 책만 좋아해서 모든 백일장을 기웃거린 문학 지망생 봉이. 교과서 밑에 깔린 공책에는 시도 소설도 깨알처럼 적혔다. 늘 뭔가 끄적이는 것을 보고, 넌 작가가 되겠구나, 친구나 선생님이 툭툭 내던지곤 했다. 정말 아득한 기억이다. 왜 까맣게 잊고 있었을까. 영도다리에 앞에 서니 자신이 시인을 열망했다는 사실이 뚜렷해졌다. 퇴비가 되어 버린 기억처럼 어느 지점에서 떠오르지 못했던 것. 글 쓰는 것을 자유 자체로 여겨 문학 모임에 어울려 다녔던 그 시절이 어찌 그리 감감했을까. 상상력은 봉이의 특기 같았고, 졸업하고 취업을 해서도 문학 모임을 한참 기웃거렸다. 그런데 언제, 왜 그렇게 기억에서 지워졌을까.

오늘은 다리 밑으로 내려가 볼 참이었다. 왠지 두려웠던 그 자리. 어릴 땐 영도다리 아래로 많은 점집들이 성황이었다. 다리 아래의 풍경도 바뀌어 있었다. 그 무렵 그렇게 많던 점집은 다 어디로 갔을까. 다리에서 바닷가로 내려가는 계단참과 그 아래에 한 집만 달랑 남아 늙어 가고 있었다. 그 많던 판잣집 점집들 중 단 두 집뿐이라니. 그때 그 시간을 고스란히 입은 모습에 세월을 견뎌낸 풍상이 애잔했다. 그건 죽어 가는 사람이 마지막으로 붙들고 있는 의식 같았다. 치열한 마지막 애정으로 주변을 돌아보는 눈빛 말이다.

다리 아래. 오늘 일부러 온 것은 그 다리 아래의 희미하면서도 어둑한 풍경을 찾아서이다. 지난해 척추 수술을 받을 때였다. 의사가 마취제를 놓았다 싶은 순간,

봉이의 눈앞에 바다가 들어찼고, 그 바닷물은 소용돌이를 일으키면서 한곳으로 빨려 들어갔다. 다리가 끝나는 지점의 물돌이였다. 시퍼런 이끼로 가득해서 왠지 강렬한 어떤 힘으로 다가오던 교각. 다팔머리 팔랑이며 다리를 지날 때마다 가끔씩 시퍼런 깊이로 다가오던 그 기둥 모서리는 왠지 두려워 외면하는데도 꼭 한번은 눈길이 가고야 마는 곳이었다. 저기야, 저기였어, 저기였군. 의식을 잃기 직전 깨어날 수 있다면 무조건 저기를 가야지 하는 생각이 머리를 스쳤다. 그리고 깨어나자마자 뇌리에 먼저 떠오른 것도 교각을 감아 돌던 소용돌이였다.

깊이에 대한 그 알 수 없는 두려움은 언제부터였을까. 너댓 살 무렵 듣던 말에서 생긴 공포였을까. "니는 다리 밑에서 주워 왔어. 다리 밑 너 친엄마한테 가." "니 친엄마 찾아봐라. 너거 엄마는 영도다리 밑에 사는 거지였제." 어릴 때 엄마에게 쥐어박힐 때마다 매 맞을 때마다 종종 듣던 말이었다. 그때마다 설움에 겨워 왕왕 울곤 했지만 정말 나는 다리 밑에 버려진 아이였는지 모른다는 생각도 자리를 잡았다. 절대 아니라고 도리질 쳤지만 정말 거지 친엄마가 나타나서 덥썩 안고 데려가 버릴까 봐, 지나칠 때라도 다리 밑을 들여다볼 엄두를 내지 못했다. 정말 친엄마가 따로 있는가 싶어 다리 밑을 찾아갔던 바보 같은 옆집 종철이가 제 아빠에게 도로 붙잡혀 와 한참 매 맞는 것을 보곤 더 두려워졌다.

그렇게 초등학교 시절을 보내고 중학교에 들어가면서 그 이야기는 영도에 사는 모든 엄마들이 자식들이 말썽을 부릴 때마다 하는 말인 것을 알았다. 엄만 동생에게도 그런 말로 협박하고 있었다. 그래도 다리 밑을 깊숙이 들여다보는 것은 망설여졌다. 그러다 간혹 눈길이 닿을 때마다 시푸른 바닷물과 그 소용돌이가 커다랗게 다가왔다. 거대한 시멘트 기둥은 시퍼런 이끼로 태곳적 시간을 그대로 드러내고 있었다. 그 물살은 어린 봉이에게 우주의 뿌리처럼 어떤 근원처럼 거대한 웅웅거림으로 다가오곤 했다. 그건 두려우면서도 빨려 들어갈 수밖에 없는 어떤 힘, 경외감이었던 것 같다. 그 소용돌이가 오늘 봉이를 불러내었던 것이다.

'영도다리 아래에서 주워 왔다'는 말은 자라면서 다시 바뀌었다. '영도다리 아래에 가서 물어보라.' 판잣집 점쟁이들은 그 물음에 답하는 사람들이었다. 판잣집 점쟁이들이 그렇게 다리 밑에 자리 잡게 된 것은 한국 전쟁 때문이었다. 피난길에서 헤어질 경우를 대비해 만약 흩어진다면 영도다리에서 만나자고 서로 당부했던 사람들. 살아남은 자들은 부산에 도착하는 대로 다리 난간에 서서 가족들을 기다리기 시작했다. 그곳은 기다림의 자리였다. 기다리고 기다려도 그리운 이들은 나타나지 않았고 그들 안부가 궁금해진 사람들이 찾아가 물어볼 곳은 점집뿐이었다. 아직 살아 있기나 한가요. 언제쯤이나 볼 수 있을라나요. 생사가 안타까운 이들의 안부로 다리는 술렁거렸다. 기다리고 기다리던 사람들은 다리 밑에서 잠들었다. 그래서 다리 밑에는 다리를 절대 떠날 수 없는 사람들이 거지처럼 살았다. 시대가 그랬으니 오갈 데 없는 고아들도 많았으리라. 그래서 다리 아래엔 거지가 많았던 것이다.

그러고 보면 한국 전쟁 이후 영도다리는 얼마나 무수한 약속으로 서 있었던 걸까. 그야말로 물을 넘는 다리가 아니라, 사람을 잇는 다리였던 것이다. 근방 약초 골목의 약초방들 역시 기다림을 앓는 사람들에게 꼭 필요했던 곳이 아니었을까.

이제 물을 게 있었다. 아니 물을 수 있을 것 같다. 수술을 위해 마취하던 순간을 파고든 그 소용돌이는 오래

전부터 내 몸속을 돌고 있던 것. 봉이는 계단참의 철학관을 지나 다리 밑 입구의 비린내 전 점집 앞에 섰다. 간판도 거의 지워져 읽을 수 없었다. 의식 잃기 직전에 부딪친 소용돌이가 바로 그 앞 물여울 같았다. 페인트칠이 거의 다 벗겨져 마치 일부러 시간의 비밀을 암시하는 듯한 미닫이를 열었다. 문은 모든 퇴락을 담은 소리를 냈다. 실내가 캄캄하여 아무도 없는 줄 알았지만 노인이 누워 있는 모습이 희미하게 드러났다.

계신가요. 대답도 움직임도 없었지만 노인이 뭐라 웅얼거리는 것도 같았다. 왠지 서로에게 오랜 기다림이 있었던 것처럼 가슴이 울컥했다. 기척이 없어 잘못 들었나 했다. 그냥 나가 버릴 수는 없었다. 신발을 벗고 봉이는 방에 올라 가까이 다가갔다. 할머니. 봉이가 낮게 부르자, 노인은 불현듯 돌아눕더니 주섬주섬 몸을 일으켰다. 동시에 입을 열기 시작했다.

첨부터 점쟁인 줄 알어? 난 점쟁이가 아니야. 스물여덟에… 다리에 도착했지. 피난에 나선 지… 거의 열 달 만이었제. 목소리는 느리게, 뜨문뜨문 이어졌다. 영도 다리에서 만나자는, 약속 때문에… 온갖 죽을 고생에도 영도다리만 생각했지. 얼마나 기다릴까 매일… 마음 졸였지. 그래, 정말 천신만고 끝에 닿은 데야, 이 집이. 없었지… 아무리 찾아도 아무리 기다려도, 그 사람 오지 않았어. 그렇다고 다리를 떠날 수도 없고, 이렇게 영영 못볼 줄 알았으면 그렇게 기를 쓰고… 이 먼 델 오지도 않았지. 첨부터 점쟁인 줄 알아? 아니야… 너무 배가 고파 점집에서 심부름이나 하다가 곁눈질로 배웠지. 그 점쟁이가 아픈 바람에 대신 말해 주기 시작했고… 그 사람이 죽자, 떠나지도 못하고 고대로, 물려받았지. 뭘 알았어. 내 입이 말한 건… 모두 기다림이 가르쳐 준 것이지. 입이 뱉은 건 견디고 견딘 세월이 알려 준, 것들이야. 계속 물으러 오는데. 바보 같은 거야. 이미 다들 알고 있으면서…. 답을 가지고 있으면서 그걸 외면하고 싶고. 그게 외로워서… 확인하는 거지. 사람들은 그냥 들어 줄 누군가가 필요했을 거고… 그게 나야. 내가 외로워서, 외로운 사람을 잘 이해하지. 용한 게 아니야, 아니야.

봉이는 묵묵했지만 노인은 혼자 계속 말을 잇고 있었다. 툭툭 끊어지는 말 속에 어떤 웅덩이가 느껴졌다. 기다려 봐. 기다림이야. 기다림이 답이지, 나도 아직, 기다리는 사람일 뿐이야…. 갑자기 귀가 번쩍했다. 제대로 들은 건가. 내 이야기인가. 그 순간이었다.

아이고, 할매 일어났네. 살아난 건가. 별안간 미닫이가 확 열리면서 한 중년 아낙이 들이닥쳤다. 그러면서 눈짓으로 봉이를 아는 체했다. 손님인가베. 아이고 요즘 할매가 제정신이 아인데. 그나저나 오늘은 좀 괜않아 뵈기도 하네. 할매, 정신 들어요?

갑자기 노인은 입을 닫았다. 다시 웅얼거리기 시작했다. 자세가 도로 비스듬해졌다. 아주 깊은 동굴에서 울려 나오는 듯 그 웅얼거림은 잘 알아들을 수 없는데도 어떤 에너지를 가지고 있었다. 그건 이끼 푸른 다리 밑 첫 기둥 몸집에서 울리는 물돌이의 웅웅거림을 닮아 있었다.

꼼짝도 못 하는 줄 알았는데 일나 앉기도 하고, 아이고, 정신이 든 것도 아닌갑네. 중얼거리는 거 보믄. 지난해부터 저런다우. 어디 시설에 넣을려고 해도 절대로 안 떠난다니까. 그나마 한 푼 두 푼 모은 돈 때문에 내가 있는 거라우. 저럴 줄 알고 내한테 맽긴갑소. 신딸에게도 안 맡기고 내게 맡겼제. 아이구. 도로 눕네 그랴. 할매, 뭐 좀 먹어야지. 좀 일나 보소. 하루 이틀도 아니고, 에구.

노인은 누에처럼 고치 속으로 들어가 버렸는지 웅

얼거림조차 잘 들리지 않았다. 자신이 정말 노인의 목소리를 들었던 걸까. 상상은 아니었을까. 그러나 왠지 봉이는 그 음성이 가문 땅에 빗물 스미듯 가슴에 그대로 스미는 것을 느꼈다. 마치 봉이가 올 줄 알고 기다렸던 것 같기도 했다. 묻고 싶은 것을 이미 알고 있는 것도 같았다. 한참을 앉아 있어도 노인은 그 모양 그대로 잠든 듯 조용했다. 아낙은 방바닥을 손으로 쓸더니 혀를 차며 다시 바깥으로 나갔다. 하루에 너댓 번 그렇게 들이닥쳐 몇 마디 건네곤 그러다 한두 번 뭔가를 떠먹이고 가는 게 일상이라는 게 단박 느껴졌다. 그들 사이엔 어떤 애정과 신뢰가 있으리라. 그러니까 신딸에게도 안 맡긴 여생을 맡긴 것이겠지. 돈 이만 원을 머리맡에 놓고 봉이도 따라 나왔다.

스물여덟, 봉이가 남편을 만난 나이. 시인이 되고 싶던 꿈은 거기서 꺾인 듯하다. 절에서 공부하던 그는 봉이와 살림을 차린 지 여섯 달도 못 되어 온다 간다 말도 없이 사라졌다. 배 속에는 이미 아이가 자라고 있었는데 말이다. 상업 학교를 나온 후 근 칠 년 동안 집안을 도왔음에도 불구하고, 큰딸이 살림 밑천이라고 믿었던 아버진 분노했다. 친정 엄마가 몰래 집어 주는 몇 푼으

로 아이를 낳고 이날까지이다. 하루 이틀이 한 달 두 달
이 되고 다시 일 년 이 년이 되면서 지금에 이르렀다. 이
십오 년이 금방이었다. 아이를 낳으면서 직장에서 밀려
나고 억척스런 식당 일로 뼈는 굵어졌지만 오십을 넘은
나이는 모든 것을 허망하게 만들었다. 꿋꿋하다면 꿋꿋
했다. 그 묵묵한 힘이 무엇이었는지 알 수 없지만 잘 견
뎌냈다. 눈동자가 맑은 딸애 때문이라면 그럴 수도 있
겠다. 사진 한 장도 남기지 않고 떠나 버린 남자 때문이
었을까. 그냥, 그냥 살았다.

　딸은 어엿하게 대학을 졸업하고 그런대로 벌이가
있는 직장에 몸을 담았다. 나름 어미 생각을 하는 것도
같지만 봉이는 딸에게도 늘 부끄러웠다. 제대로 아빠를
챙겨 주지 못한 죄 같은 것이었을까. 결손 가정의 아이
로 자라면서도 딸은 성실하게 자랐다. 하지만 딸은 늘
희미하게 웃었다. 그 웃음이 종종 봉이를 괴롭게 했다.
그만저만하면 딸 곁을 떠나 혼자 절에라도 들어가고 싶
은 즈음에 허리가 아프기 시작했다. 마치 허술하게 지
은 건물이 무너지는 느낌이었다. 과로이려니 하던 허리
병은 수술을 해야 할 지경에 이르렀다. 딸이 모든 것을
감당해야 했다. 미안한 노릇이었다. 팔십이 넘은 친정

엄마가 몇 번 다녀가긴 했다. 아버지가 종종 정신이 오락가락한다며 투덜거리다가는 이내 일어서서 가곤 했다. 그때마다 살림 밑천이 되지 못한 봉이의 그림자가 벌겋게 드러났다. 아버지를 계속 외면하고 살았다.

정말 사랑했던 누군가 존재하긴 했던 걸까. 나이가 들수록 봉이는 몸과 마음이 계속 고달파졌다. 원망할 사람도 없는데 설움이 깊어졌다. 절에 가서 좀 머물까 생각하던 중에 문득 영도가 떠올랐다. 정말 오래도 떠나 있었다. 이상하게 영도로 돌아가고 싶은 마음이 간절해졌다. 그러다가 척추 수술을 받고 영도다리 생각에 사로잡혔다. 봉래산 영도 할매는 결국 외지에 나간 영도 사람을 불러들인다지 않는가. 그야말로 하나의 지시 같았다. 급기야 몸을 추스르는 대로 걸음한 것이 오늘이다.

영도다리 아래서 물어보라는 말은 정말이다. 뜬소문이 아니었다. 그곳에는 어떤 원초적인 것이 있다. 그 근원이 영도를 신선들이 살 만한 동네로 만들었는지 모른다. 영도 앞바다는 그 모든 비의를 알고 있지 않을까. 다리 밑 물결이 자신에게 하나의 소용돌이로 작동하는 것은 우연이 아닐 것이다. 질문, 그래 묻고 싶었던 게 많왔다. 자신은 남편을 기다렸을까. 하도 오래되어서인지, 아니 기다림을 버린 탓인지 그 사람 얼굴도 잘 기억나지 않는다. 혹시 그 사람을 찾을 수 있나 물으려 했던가. 자신이 문학을 잃어버렸던 게 그 사람 때문이었을까. 삶의 모든 형태는 기다림의 형태일까. 삶은 과연 숭고한 것일까.

영도다리는 봉이를 오래 기다려 왔는지 모른다. 종종거리며 다리를 넘던 아홉 살 계집아이를. 거기에 비하면 자신이 기다린 이십여 년은 아무것도 아닐 수 있다. 그동안 웅크린 세월에 담긴 어떤 힘을 봉이는 직감했다. 다리엔 얼마나 긴 기다림이 배어 있을까. 얼마나 많은 염원을 담고 있을까. 점집 할매의 말이 또렷해졌다. 봉이에겐 더 큰 기다림이 필요하다. 세상 모두 말이다. 기다림이 크고 선명해지고 있었다.

점집을 나와 조금 걷자 약초 골목이 시작되고 있었다. 약재상은 많이 없어졌지만 몇 군데 남은 가겟방들에선 그때의 약초 향기가 번져 나왔다. 어린 시절 그곳을 지날 때마다 오만 가지 약재가 그득하던 것이 생각났다. 지네가 주렁주렁 달려 있던 것이며 뱀과 두꺼비 등이 놓인 것을 볼 때마다 몸서리치며 지나곤 했다. 그

것들은 무엇을 치유했을까. 기다림 자락에 놓인 갖가지 약초는 또 하나의 세계였다. 이어서 자갈치 건어물 가게들이 어릴 적 그 모양 그대로 이어지고 있었다. 두 바퀴나 주변을 돌던 봉이는 바닷가 쪽으로 한 바퀴 더 돌아 아까 그 점집으로 다시 갔다. 달리 갈 데도 없었지만 왠지 한 번 더 보고 싶었다. 문 손잡이에서 찐득찐득한 남루가 묻어났다.

미닫이를 열자 한 시간가량 사이에 노인은 무엇을 먹은 듯 맑은 모습으로 단정히 앉아 있었다. 아낙이 다시 왔는지 빈 그릇을 들고 일어서는 중이었다.

또 오셨구만. 들어오시우. 이만 원을 두었더만. 물어볼 거 있음 물어봐요. 가끔은 아주 잘 말한다니까. 지금 괜찮은 거 같은데. 할매, 할매, 괜찮지요? 묵묵했지만 그 속에 긍정이 있는 거 같았다. 아낙은 노인 입가를 한번 훔쳐 주고 숙제를 다 한 듯 밖으로 나갔다. 봉이는 방으로 들어갔다. 무엇을 말해야 할지 몰라 한참을 그냥 무릎을 꿇은 채였다. 무엇을 물어야 할까. 뜻밖에 노인이 먼저 입을 열었다.

공부해. 선생 찾아 공부해. 공부하면 돼. 돈도 되고 사람도 되고. 간결했다. 공부. 공부할 팔자네 뭐. 공부란 시간이야. 기다리는 게지. 기다리는 게 진짜 공부야. 알 것도 같았다. 왠지 안도감이 생겼다. 영도다리가 대답하고 있는 것이다. 다 알아들었지만 뭐라 대꾸할 수가 없었다. 무슨 공부를 어떻게 해야 할지 봉이는 이미 느끼고 있었다.

남자, 기다리지 마. 봉이의 침묵을 알고 있는 듯 노인은 단호하게 뱉었다. 때 되믄 애비가 딸 찾아올 거여. 기다리지 마. 안 기다린다고 수백, 수천 번 마음먹었는데도 아직도 그를 기다리고 있었던가. 아니라고, 아니라고, 고개를 젓지만 말없이 떠나 버린 그를 이해할 수 없는 괴로움이 아직도 봉이를 절망시키고 있는 건 사실이다. 그 의문을 못 벗어나고 있는지도 모른다. 딸애를 볼 때마다 무엇인가 편하지 않았던 건 그래서일까.

고맙습니다. 봉이는 처음으로 입을 열어 인사했다. 그 말밖에 다른 말은 할 수가 없었다. 자신 속에 있는 것을 꿰뚫어 보고 있는 노인 앞에 그저 고개를 주억거릴 뿐이었다. 갑자기 마음이 빈 찻잔이 된 것 같았다. 편안해지면서 확 넓어지는 느낌이었다. 전등 하나 켜진 듯했다. 노인이, 아니 영도다리가 자신을 치유했던 걸까. 아까 말대로라면 노인은 적어도 육십 년 이상은 기다린 사람이다. 무엇을 기다리고 무엇을 기다리지 말아야 할지 선명하게 이해가 되었다. 그래서 고마웠다.

가, 이런 덴 오지 마. 노인은 손을 저었다. 정신은 명료해 보였고, 더 할 말이 없는 듯했다. 봉이는 지갑을 열었다. 노인은 강하게 손을 저었다. 그 뜻이 강해 보여 그만두고 일어났다. 미닫이를 열고 돌아서면서 다시 인사를 했다. 노인은 다시 등을 돌린 채 꾸물꾸물 굼벵이처럼 눕고 있었다. 친근한 햇살이 잠시 스치는 듯했다. 천천히 미닫이를 닫으면서 고개를 돌려 영도다리를 바라보았다.

봉이는 자신이 열다섯 살로 되돌아간 것을 알았다. 난 참 어리석었구나. 공부해야지. 그래, 공부는 할 수 있을 것 같다. 딸애는 아마 크게 찬성할 것이다. 글을 써야지. 딸애는 늘 봉이에 대해 불편해했다. 필요한 말 외에는 잘 하지 않는 자신을 닮아 딸은 필요한 순간 외에는 말이 없는 편이다. 딸의 희미한 웃음은 본 적도 없는 아빠 때문이 아니라 자신 때문이었는지 모른다. 다리를 다시 바라보았다. 버티고 있는 자신의 척추 같았다. 고마웠다.

영도다리 아래에서 물어보라, 는 유년의 예언은 적

중한 셈이다. 봉이는 처음으로 자신 속에 피어오르는 구름을 느꼈다. 가슴속의 답들은 자신이 심은 씨앗이기도 했다. 너무 오래 무거운 시간에 갇혔던 하늘이었다. 삶은 명쾌하고 고결하고 웅장한 것이다.

봉이는 다리 위로 오르는 계단에 앉았다. 육중한 교각에 감기는 소용돌이를 보기 위해서였다. 저 푸르퉁퉁한 시간의 이끼. 문득 깨달았다. 거지 친엄마란 바로 우주 자체였는지 모른다. 우주는 집시 같은 게 아닐까. 저 물이 나를 낳았다. 나는 정말 다리 밑 존재였고 그 소용돌이는 나를 이 지구까지 데려온 본래 에너지가 생성되는 자리였던 것이다. 영도다리 아래에서 물어보라는 소문이 내 속에 살아 있던 건 다 그런 이유에서이리라.

오늘은 아버지에게 들러 보아야겠다고 봉이는 마음먹었다. 일부러 아버지 얼굴을 보러 가는 것이 몇 년 만일까. 다리를 바라보면서 딸의 전화번호를 눌렀다. 필요한 메시지 외엔 말이 없던 자신이 오늘 수다를 떨 것도 같았다.

*
___

인간은 척박한 땅에 태어나면 제일 먼저 기도를 배운다. 경외를 배우는 것이다. 그것이 답이었다. 송이가 세상에 던진, 모든 고통과 슬픔에게 던진 질문에 대한 답.

2부

나는 이방인입니다

*
___

깊이의 진화

수십억 년 심해를 가진 당신에게

오래전 잃었던 기도를 기억해낸 당신에게

사막의 뼈들. 뼈들은 주로 둥근 형태로 버려져 있었다. 아니, 자기를 지우면서 스스로 둥글어지고 있었다. 바람에 갉혀 조금씩 모래가 되어 가는 중이었다. 모래바람에 맞서는 걸까, 끌어안는 걸까. 커다란 동물 뼈 한 토막이 악문 이빨처럼 보였다. 이를 악문 채 견디고 있는 저 언어들. 그것은 신이 내린 어떤 부호를 닮았다. 어쩌면 먼지로 돌아가기 위해 최선을 다하는 수행자 같기도 했다. 죽음이 어떻게 자연을 구성하며, 자연이 어떻게 다시 육신으로 돌아갈 수 있는지 설명하는 듯했다.

영이는 확인했다. 이 거대한 사막이 저 뼈들에서 비롯된 것임을. 사막이란 엄청난 뼛가루로 세공된 세계임을. 사하라의 끝자락인 서부아프리카의 사막을 건너다니는 동안 그 뼈들이 보여 주는 수천 개의 문이 점점 선명해졌다. 살아남고자 바둥거리던 존재들은 변화의 병법을 구가하는 이미지가 되어야 했던가. 먼지로 말하는 방식 말이다. 스미듯 날리듯 뇌리에 닿는 울림이 깊었다.

가시덤불들도 있었다. 동물과는 다른, 강인한 뼈를 가지고 있었다. 어떤 사랑도 받지 못한 것처럼, 신으로부터 외면당한 듯 얼기설기 얽혀 자라는 마른 덤불은 또 다른 형태의 마른 뼈였다. 그 또한 바람에 긁히며 모래가 되는 중이었다. 그러다 우기를 지나면서 문득 꽃을 피워 우주의 경이를 발현하곤 했다. 새벽안개나 이슬을 먹고 하루 종일 뜨거운 바람을 견디는 것 자체가 기적이긴 했다. 잎이 몇 없는 질긴 줄기를 뼈로 삼아 버티는 식물이지만 온몸으로 바람과 싸우고 사랑했다.

강한 바람에 뿌리 뽑힌 가시나무들은 이리저리 마른 덤불이 되어 굴러다녔다. 그 떨기나무들만큼 가장 사하라다운 존재가 있을까. 늘 모래바람에 자신을 쥐어뜯기는 덤불들처럼 사하라를 잘 아는 식물이 있을까. 그 볼품없는 나무들만큼 사하라의 고독을 잘 이해하는 식물이 있을까. 그렇게 마른 덤불들은 사막을 구성하는 존재의 깊이 그 자체였다. 가시덤불은 자신의 서러운 생을 깊게 만드는 법을 잘 알고 있었던 것이다.

비행기에서 내려다보면 텅 빈, 아니 지도에서조차 텅 빈 공간이었던 사막은 실은 무수한 언어와 지표들로 구성되어 있었다. 모래 앞에 서는 것들은 모두 뼈를 가진 존재였다는 것을 강조하는 사막의 말씀들. 한순간 무한히 숭고했고, 한순간 무한히 가벼웠다. 영이는 아무리 삶과 죽음이 숭고해도 먼저 가벼워야 함을 그렇게 배웠다. 모리타니의 누아디부, 도시 자체가 맨발이었다.

처음엔 점인 줄 알았다. 나중에 파리라는 걸 알고 깜짝 놀랐다. 마마두는 맨발로 돌아다니는 사막의 아이였다. 아기 때부터 파리 떼 속에 살았던 마마두는 간지럽지도 않은지, 얼굴에 붙은 파리를 쫓지 않았다. 어떤 땐 서너 마리씩도 붙어 있었다. 그런데도 언제나 하얀 이를 드러내고 웃었다. 그러다 할아버지와 함께 동쪽을 향해 기도하곤 했다.

마마두는 바퀴벌레를 가지고 놀았다. 영이가 끔찍하게 혐오하는 바퀴였다. 뱀이고 생쥐고 웬만한 것은 다 견딜 만했던 여자였지만 바퀴벌레는 거의 공포 자체였다. 바퀴벌레는 도마뱀이나 쥐와는 느낌이 전혀 달랐다. 어떤 미물도 존중할 필요를 각오해 보지만, 어떤 업보였는지 바퀴벌레만큼은 이 지구상에서 공존하고 싶지 않는 곤충이었다. 그런 바퀴벌레를 마마두는 마치 물방개처럼 영이 앞에 내려놓곤 했다. 때문에 마마두를 보면 영이는 신경질을 냈다. 특히 마마두가 갓난아기 곁에 다가갈까 두려워했다. 영이는 타지에서 이방인으로서 첫아이를 낳았던 것이다. 마마두의 맨발만큼이나 마마두의 맨손은 원시적이었다.

호기심 많은 마마두에게 이웃에 사는 동양계의 갓난아이는 어떤 신비였을까. 볼 때마다 아기를 만지고 싶어 안달을 했다. 영이는 마마두의 손이 아기에게 닿을까 늘 조바심을 냈지만, 마마두는 아무렇지 않은 듯 아기를 만지곤 했다. 물이 귀해 원주민 아이들은 손도 씻지 못하는 환경이었기에 영이는 더 질겁했다. 하지만 뜻밖이었다. 육 개월이 지나면서 아기는 여섯 살 마마두만 보면 기다렸다는 듯 방실방실 웃었다. 애초부터 아기는 마마두를 가족처럼 받아들였고, 그 사랑과 친밀함을 잘 이해하고 있는 듯했다. 서로 마주 보는 두 개의 환한 웃음은 가끔 영이를 망연하게 했다.

사막은 너무 가난했다. 누아디부도 가난했다. 마마두 역시 가난했다. 땅에서 소산되는 거라곤 아무것도 없는 사막 도시. 낮은 덤불이나 땅바닥에 붙은 꽃, 말라 가는 선인장들이 전부였다. 한 달에 한 번 식량 실은 배가 들어와야 버려진 창고 같은 가게들은 부스럭부스럭 움직였다. 염소와 양은 풀 대신에 비닐이나 박스를 뜯어 먹었고 쓰레기통을 뒤지고 다녔다. 의연한 편인 나귀들은 길모퉁이에서 우두커니 현자처럼 서 있곤 했지만, 밤이 되면 나귀 울음이 도시를 흔들곤 했다. 마마두는 그 가난도, 동양 여자의 까칠함도 해맑은 장난기처럼 받아들이고 있었다. 어둠과 한 몸인 듯 새까만 얼굴에서 마마두의 눈동자는 별빛 같았다. 그러다 기도하곤 했다.

마마두는 낙타 떼를 몰고 나가는 할아버지를 따라 자주 사막으로 갔다. 짐을 싣고 지나가기도 하지만 대체로 늙은 목동이 이끄는 낙타들이었다. 낙타들의 아름다운 눈썹과 그들의 침에 석양이 고이는 모습은 사막을 신비롭게 했다. 영이 역시 모래 언덕을 물들이는 석양을 사랑했으므로 일부러 오후에 집을 나서곤 했다. 낙타 떼 속에서 마주치는 마마두는 생텍쥐페리의 어린 왕자보다 훨씬 아름다웠다. 오래 응시하면 어떤 순간일지라도 경이로 술렁이고 있음을 점차 영이는 깨달았다.

그리고 하루에 다섯 번 기도하는 관습에 따라, 종종 할아버지와 함께 모래밭에 이마를 대고 절하는 모습을 보게 될 때 영이는 삶이라는 그 아득한 깊이에 생각이 멈추곤 했다. 마마두의 기도는 사막을 깊게 만들었다. 엎드린 마마두의 발뒤꿈치를 볼 때마다 어쩔 줄 모르는 자신을 발견하면서, 영이는 가난이 생명을 깊게 만드는 것임에 틀림없다고 믿었다.

모래 한 알의 깊이. 아침마다 모래바람이 현관문에 쌓여 문은 열리지 않았다. 전날 밤 잘 열리던 문도 아침이면 모래턱 때문에 두 팔로 열기 어려웠다. 사막에서 출산한 영이의 고민은 모래로부터 갓난아기를 보호하는 것이었다. 모래바람이 아기를 야금야금 삼킬까 걱정이었다. 창틀마다 테이프를 발라 모든 틈을 막았지만,

아침이면 창문 밑에는 미세한 모래먼지가 밀가루 쏟은 듯 소복했다.

갓난아기와 함께 영이가 할 수 있는 외출은 두 가지였다. 하나는 사막 건너에 있는 바다로 나가는 일이었다. 부드러운 모래 언덕을 몇 개 넘고, 암갈색 풍화성 자갈로 덮인 단조로운 사막을 한참 달리면 거기서 대서양이 펼쳐지고 있었다. 아주 원시적인 바다. 시퍼런 고기떼가 바로 눈앞에서 청동빛으로 번쩍거리는 풍경은 장관이었다. 거기서 바라보는 태초는 항상 새로웠다. 바닷가에 설 때마다 오랜 시간을 둥그렇게 돌아온, 그러나 전혀 새로운 근원의 시간을 그대로 마주하는 느낌이었다.

두 번째는 누아디부 공항에 나가 일주일에 한 번 도착하는 프로펠러 비행기를 기다리는 일이었다. 아는 사람이 없어도 누군가가 이 사막에 도착하는 것만으로 설레어, 영이는 비행기 도착 시간을 지켜 공항에 나가곤 했다. 영이도 금방 툭 떨어질 듯한 그 프로펠러 비행기를 타고 사막에 도착했던 것이다. 공항에서도 모래바람은 마찬가지였다. 모래 때문에 비행기는 착륙할 수 없는 날이 많았고, 활주로는 사정없이 지워지곤 했다. 그런 날은 괜히 눈물을 글썽였다. 시골의 시외버스 정류소만 한 공항이었지만, 거기서도 사람들은 시간이 되면 동쪽을 향해 절하곤 했다. 신을 사랑하는 일이 그들에게는 모든 깊이였다.

밤에는 춥고, 낮에는 뜨거웠다. 그리고 끊임없이 바람이 불었다. 모로인이나 원주민이 부부[1]를 입고 멀리서 걸어오는 모습은 가장 사막을 잘 이해하게 했다. 그들이 두르는 하얀 베일과 온몸을 둘둘 감싸는 얇은 천은 정말 유용했다. 낮에는 더위를 막고, 밤에는 추위를 막고, 그리고 모래바람을 막았다. 하얗게 펄럭이는 부부의 옷자락에 감기는 바람을 볼 때마다 지평선은 더 아득해지는 듯했다. 그 모래 도시를 오가며 자신이 본 것들은 모두 깊이의 신전들이었다.

작은 차를 끌고 사막을 건너 다녀오는 건 하루 아니면 이틀 일정이었지만 늘 새로운 모험이었다. 차량은 모래 속에 수시로 빠졌다. 헤어나려면 할수록 차는 사막 밑으로 끌려가는 것 같았다. 늘 다니는 길인데도 바람이 지워 버려 자주 길을 잃었다. 모래바람에 두들겨 맞아 종아리가 빨갛게 되는 일이 예사가 되고서야

---

[1] BouBou. 아프리카 전역에서 착용하는 소매 없는 긴 가운.

영이는 사막을 사랑하지 않으면 안 된다는 법칙을 이해
했다. 그 사막 밑에 몇 억 년 전엔 울창한 숲이, 더 수십
억 년 전엔 심해가 있었을 것이다. 그땐 지구가 인간들
의 별이 아니었을 것이다. 메마른 바람이 모래를 몰고
다니는 지역이기 이전에 공룡들이나 더 근원적인 생명
체들이 푸른 지구를 누볐으리라. 사막을 가로지르면서,
머물면서, 되돌아오면서 영이는 시간의 심연에, 진화하
는 깊이에 조금씩 익숙해졌다. 겨우 모래를 뚫고 돌아
오면 집에도 모래들이 기다리고 있었다. 영이는 그예
자신이 모래 한 알임을 깨닫고야 말았다. 매일매일.

모래 한 알의 깊이. 영이는 모래를 피할 수 없고, 마
마두의 원시성도 피할 수 없고, 대자연을 향한 아프리
카 꼬맹이의 그 간절한 경배도 피할 수 없었다. 영이는
오래전 잃었던 기도들을 기억해냈다. 그건 깊이였다.
영이는 바람이 자신을 흔들 때마다 모래 한 알이 얼마
나 깊은지를 이해했다.

노을을 믿다

나도 당신도 바람의 추입니다

무게 중심을 잡으며 청동빛으로 흔들립니다

몇 층이나 올랐던 걸까. 탑 안의 길. 모서리가 허물어
진 흙 계단은 오를수록 점점 좁아지고 가팔라졌다. 비
루팍샤(Virupaksha) 사원을 지나 조금 떨어진 자줏빛 사
원 안이었다. 멀리서 아름다워 보이던 사원은 가까이
가자 주름살투성이 젖무덤을 드러낸 노파처럼 쭈글쭈
글한 살갗을 가지고 있었다. 형체가 뭉그러진, 하지만
가슴에 모은 손이 절실해 보이는 한 힌두신상이 진이의
발길을 안으로 이끌었다. 안은 텅 빈 고요로 가득했고,

이미 각도가 많이 기운 햇살이 사원 안을 옅게 비추고 있었다.

잠시 고요에 침몰하던 진이는 무심코 천천히 수백 년 묵은 돌계단을 오르기 시작했다. 바깥에서 볼 때 사원은 층층이 많은 창을 가진 탑으로 되어 있었다. 조금 높은 창가에 서면 함피의 노을을 더 깊이 볼 수 있을 것 같았다. 낯선 탑 속 계단을 한참 오르다 진이는 점점 굴을 파듯 좁아진 길을 비집고 있는 자신을 발견했다. 그길은 한 사람이 겨우 통과하던, 카이로 피라미드 내부의 오천 년이 넘는 시공을 떠올리게 했다. 세상으로부터 동떨어진 느낌이었다. 오를수록 창의 크기도 조금씩 작아졌다. 돌탑 창밖으로 노을이 번지고 있었다. 황량한 폐허를 물들이는 석양은 낯선 행성을 보여 주고 있었다. 어떤 목마름이 밀려오면서 배 속이 싸해졌다.

함피. 거대한 화강암 덩어리가 금방이라도 무너질 듯 위태롭게 쌓인 고대 도시. 첩첩한 바위산의 경이 속에 주인을 잃은 왕궁과 오래된 조각상들이 살아가고 있었다. 사원들보다 훨씬 더 오래되었을 바윗덩이들. 화산과 지각 변동으로 생성된 암석들이 수억 년 구르고, 부딪히고, 쪼개지기를 반복했을 풍경은 비현실적으로 다가왔다. 그동안 돌아다닌 인도와 달랐다. 진이는 자신이 화성을 탐사하는 큐리오시티처럼 여겨졌고, 심한 먼지 폭풍을 뚫고 걷는 만행(萬行) 로봇이 된 듯했다.

함피는 14세기부터 17세기 중반까지 남인도 데칸 지역에서 가장 번성한 힌두 왕조 비자야나가르의 중심지였다. 면화와 향료 등의 무역을 통해 발전한 이 왕조는 함피 곳곳에 화려한 궁전과 힌두 사원을 건설했다. 그리고 데칸 무슬림에 의해 왕조가 멸망하면서 함피는 약탈당할 대로 당한 뒤 버려졌다. 겨우 되살려낸 일부 유적들은 사라진 문명의 탁월한 기원을 말해 주었다. 엄청난 바위산 전체가 왕궁 유적이었고 왕궁 안에 있는 16세기 초에 세워졌다는 거대한 탑문과 정교한 조각으로 채워진 힌두 사원 비루팍샤는 이방인들에게 숭고한 서사시를 선물했다. 이는 나중에 엘로라 석굴 사원의 모델이 되었다고 하지 않는가.

함피에서 지는 노을을 보지 못하면 인도를 말하지 말라는 친구의 충언은 세 번째 인도 여행을 무릅쓰게 했다. 한 달째 방랑 중인 인도 남쪽은 인도를 더 깊숙한 데로 안내했다. 사두들의 수행과 산야신들의 피리 소리를 들으면서 도착한 함피였다. 오는 길이 결코 쉽지 않왔고, 기차와 버스, 릭샤를 몇 번이나 갈아타야 했다. 사원의 오른쪽으로 형성된 여행자 거리를 찾아 들던 순간, 진이는 배 속 밑바닥에서 싸해지는 기운을 느꼈다. 고대의 흔적을 찾을 때마다 어떤 감탄보다는 아픔이 다가왔다. 상실된 시간이 밤하늘 은하수처럼 그대로 내려앉는 느낌. 바위를 깨고 있었을 노예들의 정 소리와 쐐기를 떠올리는 것도 아팠고, 광대한 신전을 지어 우주를 경배했던 지배자들의 무상한 욕망도 아팠다. 유적들은 무엇을 말하고 싶은 걸까. 영원의 방식일까. 무상(無常)의 방식일까. 무수한 하늘을 넘어온 슬픔의 흔적들이 바람에 닳고 있었다. 호호백발이 된 시간이 살고 있는 장소.

기이할 정도로 펼쳐진 돌덩이들. 도대체 어디서 온 것들일까. 낯선 별에 도착한 느낌을 주는 아득하게 펼쳐진 돌덩이들. 불모. 진이가 떠올린 단어였다. 먼지들이 분열하며 장롱 밑에서 뭉치를 만들며 흐르는 것처럼, 광대한 들판을 메우는 돌덩이들은 분열하며 뭉치를 이루고 살아가는 것 같았다. 그 흐름. 그 물결들. 폐허가 된 고대 도시의 바위들은 침묵으로 가득했다. 그 침묵은 폐허를 가장 거대한 우주로 만들고 있었다.

진이는 더 오를 수가 없을 정도로 좁은 계단에서야 멈췄다. 하지만 숨을 고르는 순간 자신의 멈춤이 제 의지나 길 때문이 아니었음을 깨달았다. 원숭이 한 마리가 좁은 창가를 지키며 노을을 바라보고 있었다. 배가 부풀 대로 부푼 걸로 보아 만삭이었고 곧 출산할 듯 보였다. 잉태한 자태를 가진 원숭이는 존재의 숭고 그 자체였다. 아름다웠다. 노을보다 더 장엄하고 엄숙했다. 몇 번째 새끼일까. 그녀도 한때는 재바르고 활기찬 처녀였을 것이다. 이젠 곧 태어날 새끼를 기다리는 게 최선인 몸과 혼. 그 모성을 만나기 위해 스스로 낯선 돌탑 속을 기어올랐던 걸까. 아님 우주의 모성이 자신을 호출한 걸까. 아니, 이 어미는 창가에 앉아, 먼 길을 타박타박 걷는 진이를 내려다보았을 것이다. 그리고 어미의 직관으로 진이를 불러올린 것임이 확실했다. 낯선 행성 같은 이 고대 도시가 단순히 바위의 땅이 아님을, 그저 잊힌 황무지가 아님을, 생명의 땅임을 일러 주고 싶었던 걸까.

마치 어미 원숭이의 둥근 배는 우주 균형을 조율하는 저울추처럼 보였다. 잉태, 그 모습은 함피가 아무리 잊혔어도 불모의 땅이 아님을 강조하는 것 같았다. 세상이 아무리 복잡하고 혼란스러워도 보이지 않는 곳에서는 모든 것을 바로잡는 어떤 무게 중심이 끊임없이 작동하고 있다는 것. 망각과 혼돈 그리고 창조. 진이는 머나먼 이곳까지 와서야, 흔들거리는 삶이 어떤 힘으로 바로잡히는 순간을 느꼈다. 그것은 생명이었다.

이 버려진 도시를 원숭이들은 언제부터 삶의 터전으로 삼았던 걸까. 하긴 어디를 가나 인도는 원숭이 천지였다. 이 지역에 들어서면서는 더 심했다. 원숭이신을 섬기는 하누만 신전을 찾아가는 길에서는 가방을 원숭이들에게 강탈당한 적도 있다. 하지만 만삭이 된 이 원숭이의 고결한 기다림은 그들이 그저 몰려다니는, 생존에 급급한 원숭이 떼가 아님을 보여 주었다. 그들은 이곳을 빼앗지도 버리지도 않았다. 본래 그대로의 그 모든 것과 공존했다. 그들은 건축자도 여행자도 아닌 스스로의 자연이었다. 그들은 삶에 충실했고, 보이지 않는 데서는 우주를 조화롭게 만드는 생명의 한 기둥이었던 것이다.

어미 원숭이 어깨 너머로 진이는 노을을 보았다. 시바신의 상징들로 가득한 아름다운 석조 사원군, 고대의 코끼리 사육장, 여왕의 목욕탕, 바자르, 인상적인 왕족의 건물, 이 모두를 둘러싼 거대한 요새 시설도 보랏빛 노을에 푸욱 잠기고 있었다. 기둥마다 새겨진 세련된 조각들에 담긴 예술적인 창의력은 여행자들의 감탄을 자아낸다. 하지만 어미 원숭이에게 여행자의 호기심과 감탄은 언제나 티끌에 불과했을 것이다. 어미 원숭이가 진이에게 말하고 싶었던 것은 생명의 원형, 수천 수백 년, 어쩌면 그 왕조보다 훨씬 긴 세월 그 노을을 신앙해 온 자신들의 응시가 아니었을까.

진이는 노을이 청동빛으로 짙어지는 것을 보며 천천히 비좁은 계단을 내려왔다. 노을을 믿기로 했다. 어미 원숭이는 무심했다. 흘깃 눈짓을 보냈지만 표정에 어떤 흔들림도 없었다. 이곳이 자신들의 오래된 터전임을, 아니 스스로가 거대한 우주임을 어미는 그렇게 강조하고 있었다. 그녀는 곧 새끼를 낳을 것이다. 그녀의 가족들이 몰려올 것이다. 극진하게 그 새끼를 돌보며, 물려받은 보이지 않는 노을의 신앙을 전할 것이다.

불과 오 분이나 머물렀을까, 아니 훨씬 짧은 시간일 수도 있을 것이다. 하지만 마치 깊은 굴속에서 영원을 만나고 온 느낌. 진이는 갑자기 큰 양식을 챙긴 것처럼 든든해졌다. 돌덩이들이 자라고 있는 고대 도시의 폐허는 여전히 지난한 생명을 부지런히 꾸려 갈 것이다. 진이는 떠나온 자신의 고향, 영도를 생각했다. 자신 또한 우주의 무게 중심을 잡는 작은 추임을 깨달았다. 그건 우주가 부과한 책임이었던 것이다. 마치 자신이 물결을 밀고 나가는 중이고, 손끝에서 생긴 파문이 온 호수에 퍼지는 것 같았다. 주위로 번져 가는 생명의 떨림. 창가의 노을을 지키는 어미 원숭이에게서 번져 나오던 은근한 결이었다. 노을이 파문을 치며 가라앉고 있었다.

환(幻)을 향하여

마야 속에 우리가 마주 앉아 있습니다

이제 반짝이지 않아도 길이 보입니다

연이는 무심히 먼 풍경을 응시하는 게 습관이다. 오래 보면 보이지 않는 물방울이 내는 길이 보인다. 그러다 문득 손끝에 닿는 무심의 깊이를 느끼곤 했다. 한자리에 앉아 바깥을 응시하는 자신을 바라보는 또 하나의 눈을 깨닫는다. 동시에 그 눈이 측량하는 자기를 지켜보는 더 깊은 눈동자를 슬쩍 눈치챈다. 하나의 자아는 무수한 타자로 이루어진 겹층임을, 우주는 그렇게 촘촘한 눈동자로 열려 있음을 알아낸 연이였다.

점점 초점 없는 응시에 익숙해지는 자신이 그다지 나쁘지 않았다. 어딘가를 응시하는 자신을 바라보는 또 새로운 자신을 감지하는 것, 그 새로운 자신을 바라보는 겹겹의 또 다른 익숙한 자신을 감지하는 것이 편안했다. 그건 연이가 제일 잘할 수 있는 일이었다. 마치 물음을 던지듯, 아니 오래된 대답을 듣듯 그저 무심히 귀를 열고 견디며 바라보는 일. 그건 유년에 시작된 습관이었다. 산복도로 골목 낡은 담벼락에 기대어 거위배를 앓으며 햇살 갈피를 헤집던 시절부터였다. 애초 이방인처럼 어떤 감정도 없이 주변을 오래 지켜보는 것. 그리고 그 풍경은 언제 어디서나 비슷했다. 아니, 처음부터 비슷하지는 않았다. 처음엔 낯선 풍경에 설레곤 했다.

하지만 어느 순간부터 모든 풍경은 닮아 있었다. 어느 생에선가 살았던 적이 선명히 기억나는 산, 강, 구름, 집, 식물 들. 그렇다고 지루한 것도 아니었다. 풍경은 언제나 새롭게 반짝이고 있었고 오랜 친구를 기다려 온 표정으로 다정하게 반짝였다. 익숙한 새로움들, 그 발견은 하나의 충격이기도 했다. 모든 새로움은 천 년 전의 어느 하루에서 나오는 것 같았다.

볼리비아도 그랬다. 도착하는 순간, 자신이 타박타

박 뛰어다니던 아홉 살의 골목길이 저절로 떠올랐다. 체 게바라가 죽어 이름도 없이 삼십 년을 묻혀 있었다는 나라. 그렇게 볼리비아는 혁명의 슬픔으로 기억되었다. 기억은 늘 상상력을 길렀다. 틈틈이 지도를 들여다보면서 연이는 볼리비아가 자신을 기다리고 있을 거라고 믿곤 했다. 꼭 가야지, 벼른 지 십 년이 넘어서야 도착한 도시 라파스. 그리고 우유니 소금 사막.

떠나고 나서야 몸이 선명해지고 있었다. 언제나 그랬다. 이방인이 되고 나서야 혼도 정신도 명료해졌다. 홀로 되고서야 집 주소가 생각났다. 나그네가 되고 나서야 사랑하는 사람들이 보인다. 불편해지고 나서야 진짜 내 자리가 보인다. 미숙한 슬픔 앞에서 나를 행복하게 했던 불빛들이 비친다. 모든 것이 낯설어지자 익숙한 슬픔이 명쾌해진다. 연이에게 필요했던 게 부재중에서 만나는 실존이었던 걸까.

라파스에 도착한 건 자정이 넘어서였다. 아바나에서 출발해 파나마시티와 리마를 거치는 여정은 꼬박 하루가 걸렸다. 공항을 나서자 호텔에서 보내 준 택시가 기다리고 있었다. 낯선 택시가 도심 모퉁이 낯선 호텔 앞에 내려 주는 순간, 연이는 택시로부터 버려진, 손잡이가 떨어져 나간 낡은 가방 같은 느낌을 받았다. 선택해 놓고서도 혼자가 되면 늘 잊힌 느낌. 동시에 버려짐에 묻어나는 어떤 안도감과 평안. 여행이란 스스로를 낯선 어딘가에 내다 놓는 일이었다. 유리컵이나 돌멩이처럼 낡은 가방처럼 사물이 되는 것. 그렇게 무심해지는 연습이 여행이었다.

다음 날 연이는 일어나자마자 여행사를 찾아 우유니행 버스를 예약해 놓고 거리를 배회했다. 라파스는 삶이 얼마나 치열하고 고단한 것인지를 강렬하게 설명하려는 삼류 소설가 같은 풍모를 가지고 있었다. 가난이 벌겋게 드러나 보이는 중년의 이마를 보는 것 같았다. 호객하는 버스들, 코가 매운 매연, 낯선 모습들. 연이는 혼잡한 시내를 걷고 버스를 기다리고 케이블카를 탔다. 거대한 도시가 촘촘하게 발아래 펼쳐졌다. 멀리 보이는 설산, 해발 3,600미터의 고산 도시는 더 높은 산들이 첩첩 둘러싸고 있었다. 문제는 그 산들 꼭대기까지 성냥갑 같은 집들이 차곡차곡 차오르고 있다는 것이다. 해발이 높은 도시에서 더 높은 알토(Alto)에 사는 사람들. 막상 케이블카를 타고 올라 보니 산 위에서 다시 거대한 도시가 이어지고 있다. 참 독특한 지형이었다. 그

거대한 도시를 타고 흐르는 하늘 도로. 여덟 또는 아홉 개의 노선 케이블카가 색깔별로 하늘을 누비고 있었다. 치열한 생명의 노선들이 순간순간 흔들리고 있었다. 새로운 환(幻)이었다.

저녁을 먹고 연이는 우유니행 밤 버스에 올랐다. 그녀가 꼭 우유니를 보아야겠다고 마음먹은 것은 대자연에 그렇게 바람처럼 습기처럼 배어들고 싶어서였다. 몸과 영혼이 한 줄기 바람으로 변하는 순간을 감지할 수 있을까. 연이에게 여행은 소멸 또는 죽음을 위한 하나의 예행연습과도 같았다. 자신의 몸이 사라지는 그 느낌. 그건 쉽게 다가오는 것은 아니었다. 한순간 제 몸이 존재하지 않음을 보는 것은 마치 실재계의 문을 여는 듯한 느낌이었다. 이것이 무(無)라는 거야. 자신의 몸이 사라지는 순간 찰나를 스치는 깨달음. 연이는 중독되어 있는지도 몰랐다. 자신이 소멸하는 느낌, 사라지는 환희에 말이다.

말로 표현하기 어려운 것들은 표현하려고 하지 마라. 우유니 소금 사막에 도착하는 순간, 어디선가 읽은 그 충고가 딱이었다. 어떻게 우유니를 표현할 수 없었다. 그냥 그저 바라보고, 자신이 한 방울 소금물일 수밖에 없음을 감지할 뿐. 다행히 우기였고, 소금 사막은 거대한 반영을 품은 경이가 되어 있었다. 우주에서 가장 거대한 거울이라는 말에 동의했다. 연이가 탄 지프는 물 위로 달리며 우유니 속으로 들어갔다.

저 끝없음. 이제 '끝없다'는 말을 다른 데서는 쓸 수 없을 것 같았다. 소금 호텔에서 점심을 먹고 연이는 인디언 안내인 곤살로가 마련해 준 사이즈 39의, 커서 덜거덕거리는 장화를 신고 우유니로 걸어 들어갔다. 흰 장화를 신고 소금 사막 위를 철벅거리는 시간, 연이는 소멸을 생각했다. 그 소금 바다 속에서 살아남는 거라 곤 아무것도 없었다. 죽음이란 소금 사막을 걷는 일일까. 중음천(中陰天)이란 끝이 없어 보이는 저 거울 속으로 걸어가는 일일까.

사방으로 끝이 없는 데다 움직이는 것들은 죄다 제 반영을 가지고 있고, 하늘과 땅이 구분되지 않아 보이는 것들은 끊임없이 착시를 만들어냈다. 멀리서 움직이는 것들은 허공에 떠 있는 것처럼 보여 자꾸 눈을 비벼야 했다. 불교에서 말하는 환(幻)이 그대로 이해되었다. 어느 것도 실체로 다가오지 않았다. 세계는 환(幻)이다. 마야, 그 무수한 착시들이 우리에게 길을 보여 준다. 하지만 막상 가 보면 그곳은 무수한 착시를 또 수평선처럼 펼쳐 놓는다.

그런 착시를 이용한 이미지 놀음이 이곳 우유니에서는 유행인 모양이다. 한 점 점처럼 흩어진 관광객들은 사진 찍기에 여념이 없었다. 혼자인 연이는 그냥 막막했다. 희고 뜨겁고 깨진 유리 거울처럼 쩽한 공간, 끝이 없는 그곳. 그것도 해발 3,600미터 넘은 곳의 끝없는 소금 사막이라니. 이 소금 광야. 쉽게 말로만 하던 광야가 얼마나 무서운지를 깨닫는다. 존재의 껍질이 부서지고 있었다. 저 광야를 이해하지 못하면서 고독을 말할 수 있을 것인가. 죽음을 말할 수 있을 것인가.

심심해진 연이는 소금의 분량을 가늠하면서 시간을 보냈다. 저렇게 끝없는 소금이라면 전 인류가 수천 년을 먹어도 괜찮을 것 같다. 이걸 인류가 언제 다 먹지. 어떻게 나누지. 아프리카에 퍼다 나를까. 그러면서 소금 맷돌을 바다에 빠뜨린 옛날 동화를 기억해냈다. 소금의 비밀은 그야말로 환(幻)이 아닌가.

하지만 다음 날 연이는 더 눈부신, 진짜 우유니를 만났다. 사람이 사는 마을, 삶이라는 소금 바다는 더 광대하고 번쩍임이었고 더 신실한 신의 가슴이었다. 입학식일까, 개학이었던 걸까. 큰길이 아침 일찍부터 웅성거렸다. 아이들의 손을 잡고 학교를 데려다주는 엄마, 아빠 들이 온 거리에 가득했다. 키 작고 까무잡잡한 한 인디언 아빠가 구멍가게에서 초콜릿을 하나 사서 딸의 가방에 넣어 주고 있었다. 아이는 세상에 부러울 것 없는 얼굴이다. 아빠 차림새는 꾀죄죄한데, 아이 옷과 책가방은 제법 번듯하다. 아이는 아빠가 그 초콜릿을 가방에 넣어 주기 위해 얼마나 많은 노동을 하고 얼마나 많은 슬픔을 견디고 있는지 모를 것이다. 아빠는 그 초콜릿을 가방에 넣어 주면서 가장 행복한 존재의 순간을 경험한다. 가난에서 묻어나는 삶의 숭고함, 그 짠맛. 생명의 경건함을 연이는 다시 확인했다. 그야말로 소금 사막 전체와 맞먹은 아름다운 환(幻)이었다.

엽서와 소금 그릇과 볼리비아 인형이 달린 열쇠고리 등을 사서 가방에 넣고 연이는 공항으로 향했다. 우표를 사는 데도 여권이 필요한 그 나라를 열흘 만에 떠나왔다. 연이는 더 반짝이지 않는다. 더 반짝이고 싶지도 않았다. 이젠 오래된 문풍지처럼 그저 잠잠히 습기가 배고 바람이 배고 목소리가 밴 소박한 종잇장이고 싶었다. 매사 오로지 반짝이고 싶어서야 어찌 소멸의 지혜를 얻을 것인가. 어떤 경우에도 무심은 배반하지 않는다는 것을 다시 배운 연이였다. 어쨌든 볼리비아는 말로 표현할 수 없는 그 무심들을 자꾸 내비치고 있었다. 어룽진 그늘이 계속 따라오는 중이였다.

라마유루, 라마유루

모든 길은 깊은 사원입니다

신을 사랑할 수밖에 없습니다

라마유루, 그 이름은 바퀴를 닮아 있었다. 라다크 천년 사원을 찾아가기로 마음먹는 순간, 라마유루 곰파는 바퀴 소리를 내며 민이의 귓바퀴를 지나 심장 가까이 내려앉았다. 감자밭이 보이는 숙소 창가는 신화의 세계를 열고 있었다. 푸른 감자밭을 걸어 넘어가는 하늘, 하늘은 거인 같았다. 성큼성큼 커다란 등을 보이며 걸어가는, 결코 뒤돌아보지 않는 단호한, 이상한 느낌이었다. 민이는 안다. 귀에서 바퀴 소리가 들릴 때는 자신이

굉장히 미세해지고 있다는 것을.

사흘 전 라다크의 레에 도착했다. '오래된 미래'라고 불리던 고원의 도시. 하지만 도시는 온통 모터 소리로 시끄러웠다. 오래된 미래와는 아무 상관없이, 식당과 기념품 가게를 밝히려는 개인 모터가 온 도시를 흔들고 있었다. 도착하자마자 금세 지쳤다. 배낭은 두 배로 무거워졌다. 하지만 골목골목을 헤집다가 감자밭이 딸린 숙소를 찾아냈을 때 안도의 숨을 쉬었다. 그리고 다시 깊은 밤, 눈 시리게 펼쳐진 별의 강물을 보았을 때 민이는 다시 설렜다. 몇십 년 만에 보는 은하수였다.

라마유루. 레에서 125킬로미터 떨어진 해발 3,500미터가 넘는 고산 지대 '달의 계곡'에 있다는 고대 사원. 아침 일찍 빵 조각을 챙겨 길을 나섰다. 몇 군데를 짚어 라마유루 가는 작은 자동차를 겨우 구했다. 광막한 고원을 왕복 예닐곱 시간 달릴 수 있을까 의심스러울 만큼 낡을 대로 낡은 차였다. 운전기사는 노련미가 전혀 보이지 않는 앳된 청년이었다. 하루치 양식을 반드시 벌어 집에 들어가야 하는 간절함이 온몸에 덕지덕지했다. 책임을 지기에 너무 좁은 어깨. 하지만 그는 최전선에 있는 삶의 첨병이었고, 민이 자신은 어떤 인연이라도 고맙게 생각해야 하는 이방인이었다.

차는 인더스 강의 물결을 따라 계곡을 향해 달렸다. 인더스의 한 줄기는 파키스탄으로, 다른 줄기는 중국으로 흘러 들어간다. 스스로 근원임을 자처하듯 인더스 강은 검은빛을 발하며 느리게 흐르고 있었다. 강이 무겁다는 느낌은 처음이었다. 깊은 데서 울려오는 어떤 근엄함. 길. 천년 사원 마주하는 게 어떤 건지를 미리 설명하려는 듯 길은 멀고 황량했다. 길고 구불구불한 잘레비 고갯길은 고대 벽화 속에 들어와 있는 느낌을 주었다.

라마유루는 원래 성스러운 뱀이 살고 있는 맑은 호수였다고 한다. '먼 미래에 호수가 사라지고 사원이 들어설 것'이라는 한 아라한의 예언이 있었고, 10세기경 라마유루 곰파가 창건되었다. 나중에 라다크 왕의 나병을 치료한 한 티베트 승려에게 왕은 이 수도원을 보시했다. 그때 세금을 면제해 주고 곰파 주변을 성역화했다. 어떤 죄인도 곰파 안에서는 절대 잡아 갈 수 없도록 했다 하여 라다크 사람들은 지금도 라마유루를 '자유의 장소'라고 부른다. 한때 사백여 명 스님들이 생활했지만 지금은 적은 수의 수도자들이 기거하며 곰파를 지키고 있다고 했다. 범죄자들도 안식을 찾을 수 있었던 자유의 장소. 그들이 지키고자 했던 그 신성함은 무엇이었을까.

문득 차가 덜컹대며 멈추었다. 두 시간가량 달린 듯했다. 멀리 산자락 사이로 라마유루가 비치는가 싶은 자리였다. 영혼까지 울릴 듯 바퀴 소리를 내던 차가 그예 주저앉고 만 것이다. 주변은 자갈과 모래로 된 광야가 끝없이 펼쳐져 있었고 어떤 문명적 요소도 보이지 않았다. 아직도 애티가 가시지 않는 운전기사는 별로 놀라지도 않았다. 민이도 마찬가지였다. 마치 그럴 줄 알았음을 이미 출발 순간에 감지했던 것처럼. 운전기사는 사막 가운데 정비 공장을 차린 것처럼 이것저것 있는 대로 늘어놓고 차를 수리하기 시작했다.

민이는 차에서 내려 광막한 고원을 서성여야 했다. 길. 고쳐질 수 있을까. 어쩌면 라다크의 신이 그녀를 부른 지점인지도 모른다. 민이는 한자리에 서서 귀를 기울였다. 고원은 바람 소리로 그득했다. 길은 원시의 손을 민이의 심장에 밀어 넣으려는 것 같았다. 민이는 체념하고 어떤 길이든 다 받아들이고자 했다. 오히려 깊은 여행에 든 듯 마음이 안온해졌다. 심해. 발광체 물고기 몇

만이 꿈지럭대고 있는 심해에 든 듯했다. 한국에 두고 온 것들은 그 심해의 바닥에 가라앉아 있었다. 길. 처음부터 길이 문제였다.

민이는 다람살라에서 출발했다. 라다크행 버스는 사람들을 함량 이상으로 실었다. 좌석을 차지하지 못한 민이는 용감하게 앞자리를 비집고 들어가긴 했지만 뺨이 유리창에 붙을 정도로 틈바구니에 끼인 자세가 되었다. 고단한 신세가 되었지만, 바로 전날 달라이 라마에게서 받은 보살계 때문일까. 마음이 확장되고 깊어졌는지, 오래된 보따리처럼 아무렇게나 구겨져 버린 육신을 잘 감당하고 있었다. 책가방을 지키려 애를 쓰던, 내리고 나면 옷자락이 터져 있기 일쑤이던 학창 시절 콩나물 시루 버스를 기억해낸 덕분인지도 몰랐다.

그렇게 콩나물 버스는 라다크를 향해 툴툴거리며 출발했다. 그러나 대여섯 시간이 지나자, 버스가 먼저 민이의 한계를 알아차렸던 걸까. 어딘지도 모를 산골 소읍에서 버스는 주저앉고 말았다. 고장이 안 나는 게 이상할 정도인 워낙 고물 버스였다. 라다크 일정이 늦어지는 것보다 일단 조일 대로 조였던 몸을 푸는 순간이 너무 절실해 낯선 산촌에 버려진 게 고마울 지경이었다. 멀미를 가라앉히는 일이 급했다.

철저히 낯선 마을에서 소행성에 도착한 어린 왕자처럼 하루를 묵었다. 다음 날 겨우 레로 가는 지프를 구했고, 전혀 낯선, 국적이 제각각인 청년 넷과 동행해야했다. 길. 그 까마득한 벼랑길은 민이의 삶에서 처음 만나는 공포였다. 서로 교행하기 어려운 좁은 벼랑을 가끔씩 비껴가며 달려야 했고, 오른쪽은 가파른 산이고, 왼쪽은 바닥이 보이지 않는 골짜기였다. 눈으로 마주하기 어려운 그 가파른 벼랑 아래에 트럭이나 버스, 승용차가 장난감처럼 떨어져 있는 게 보였다. 머리끝이 쭈뼛 섰다. 벼랑에 떨어지면 어느 누구도 구하러 올 수 없는 깊이였다. 사고가 나면 몇 명이나 탔고 누가 죽었는지 전혀 헤아릴 수 없는 까마득한 깊이.

처음으로 길이 두려워졌다. 처음으로 여행이 두렵고 후회가 치밀었다. 두 번 내려다보고 싶지 않은 그 벼랑길을 운전기사는 졸면서 운전했다. 분명 엄청난 과로를 견디며 이 길로 먹고살아 왔을 것이다. 기사의 졸음을 눈치챈 동행자들은 경악했고, 낯선 동승자들은 한마음이 되어 운전수의 잠을 깨우는 일에 절실히 매달렸다. 하기야 어느 누구도 그 골짜기를 계속 내려다볼 재간이 없었을 것이다. 운전수를 깨우려 버럭버럭 목청을 높이며 낯선 일행들은 한목소리로 긴장해야 했다. 라다크에 도착했을 때 그 길을 함께 달린 동행자들은 서로를 기특해할 수밖에 없었다. 살아남았다는 이유만으로 동지가 된 것이다. 이름도 모르는 낯선 청년들이 정말 백년지기처럼 고마웠다. 세상에서 가장 까마득한 벼랑을 관통했다는 것만으로 동행은 존재를 확인시키는 힘이 되었다. 길. 그 길이 라마유루까지 흐르고 있었다.

세상의 모든 길은 그렇게 광막하고 깊은 사원이었던 것이다. 천 년 전 기도하는 마음으로 그 길을 걸었을, 그리고 사원을 지었을 무수한 라다키들을 떠올렸다. 그들의 삶은 어디서 출발하여 어디로 흘렀던가. 이 높은 지대의 구릉과 고갯길과 벼랑에 익숙해지면서 그들의 삶은 경외로 이어지고 경이로 이어졌으리라. 그렇게 신을 찾았고, 또 신을 간절히 사랑할 수밖에 없었으리라.

인도 여행은 세 번째였고, 어느 정도 익숙해진 인도 풍경이었다. 하지만 다람살라를 지나 북쪽으로 올라오면서 민이는 전혀 새로운 바람과 길을 만나고 있었다. 힌두교 신상들을 한참 벗어나 있는 다람살라와 레에서 민이는 마니차를 돌리며 불교 사원을 도는 일에 익숙해졌던 것이다. 이 높은 고원에 태어나 살며, 신을 경외하는 것을 제일 먼저 배운 사람들을 닮을 수 있을까. 모든 사원엔 구석구석 마니차가 설치되어 있고, 사람들은 '옴 마니 반메훔'을 염송하며 매일 기도한다. 기도는 이곳 혹독한 자연환경을 이겨내는 힘이면서 동시에 무상을 실천하는 일이었다. 왼손에 작은 마니차를 돌리며, 오른손으로 사원을 에워싼 큰 마니차를 돌리며 사원 전체를 도는 것. 매일 반복하는 그 순례. 그들의 길. 라다크인들의 일상.

차에서 한참 떨어져 서성이는 민이를 운전기사가 불렀다. 다시 시동을 거는 게 그저 고맙고, 다시 시동 걸리는 고물 차도 고마웠다. 알고 보면 삶 자체, 모든 순간이 그저 다행스러웠다. 이 광야에서 밤을 새야 할지도 모른다는 각오를 이미 하고 있었던 것이다. 길은 언제나 미지이다. 모든 것이 있고, 아무것도 없다. 다양한 풍광과 새로운 기억은 뜻밖의 무상과 죽음과 한 몸이었다. 아무리 분명한 목적지를 세워도 길은 민이의 생각과 언제나 달랐다. 뜻밖의 사건과 뜻밖의 기억은 늘 삶의 발원지를 상기시켰다. 광야에서 멈춘 두 시간은 민이에게 선물이었는지 모른다. 말은 안 하지만 미안한 기색이 뚜렷한 청년에게 민이는 웃어 보였다.

차는 다시 덜컹거렸고, 아슬아슬한 울림을 만들며 다시 고원을 가로질렀다. 한참 만에 라마유루에 도착하고 있었다. 빛이 바랜 천년 사원은 하늘을 가로지르며 저만치 바퀴 소리를 내고 있었다. 예닐곱쯤 되어 보이는 어린 승려들이 붉은 옷깃을 펄럭이며 뛰어놀고 있었다. 희디흰 벽들 사이로 비치는 붉은 승려복들이 꽃잎처럼 흩날리고 있었다. 놀이가 수행인, 수행이 놀이인 심해가 민이를 맞이하고 있었다. 중생을 두루 살핀다는 천 개의 눈을 가진 십일면 관세음보살상도 민이를 기다리고 있으리라. 무상을 닮은, 거인 같은 하늘이 먼저 와 도착해 있었다. 돌아갈 길 또한 저만치 걸려 있었다.

국경

땅바닥에 바짝 붙은 풀꽃에서 환멸문을 봅니다

나는 누군가의 한 장 편지인지도 모릅니다

국경 마을은 정말 작았다. 이십 분이면 한 바퀴 돌아볼 수 있을 듯했다. 제법 남아 있는 오후 햇빛이 파키스탄 북쪽 끝 마을 소스트를 새끼처럼 품고 있었다. 사방에서 거대하고 메마른 산맥이 힘줄을 자랑하고 있었다. 두어 평 남짓 되는 이발소와 낡은 저울이 놓인 푸줏간이 그곳이 마을임을 강조했다. 동네 전체가 한 장의 오래된 편지 같았다. 앞뒤로 나달나달해진 편지장. 자주 읽지 않으면 무언가를 놓칠 것 같아 품안에 넣고 수시로 꺼내 본 편지 말이다. 글씨는 점점 희미해지지만 거기 적힌 몇 줄 안부가 붙들고 있는 그 무엇. 소인이 희미한 우표 같은, 소스트는 그런 근원적인 안부를 가지고 있었다.

숙소를 구하기가 어려웠다. 호텔이라고 이름 붙은 곳이 있긴 했지만 낡긴 마찬가지였고, 그나마도 비싸 찾아갈 형편은 아니었다. 배낭은 점점 무거워져 왔지만 송이는 마을 끝자락으로 방을 찾아다녔다. 한참 만에 그야말로 철골만 남은, 창고 같은 구석방 침대 하나를 확보했다. 녹슨 방문을 여는 순간 송이는 이 새로운 행성에서 자신이 이방인임을 확인했다. 방은 더럽고 누추했다. 모퉁이마다 휴지들이 굴러다니고 있어 도무지 몸을 뉠 수 있을 것 같지 않았다. 길에 선다는 건 이미 벌레로 변신한 자신을 자각하는 일인지도 모른다.

귀신들은 잘 따라오고 있었다. 약간은 슬프고 약간은 미련한, 따뜻한 질감을 가진 것들. 형체가 있다가 없다가 곧잘 사라졌다가 곧잘 돌아오는 것들. 자신을 종종 골똘히 응시하는 귀신들을 떠올릴 때마다 송이는 개구리밥이 피어 있는 작은 웅덩이를 떠올렸다. 죽어 망령이 되지 않는다는 것, 말끔하게 사라진다는 것, 한 줌

맑은 공기가 된다는 건 얼마나 어렵다는 말인가. 깨달음과 해탈이 좋은 걸 그들이 몰랐겠는가. 얼마나 환멸문을 찾았을까. 아무리 간절해도 이 땅을 떠날 수 없는 귀신들에게는 선택할 수 없는 절망이었을 것이다. 그들이 할 수 있는 일은 슬픔으로 떠돌며 빗방울이 되었다가 바람이 되었다가 종종 꽃으로 피어나는 일이 전부였다. 그렇다면 슬픔을 헤아릴 줄 아는 어떤 존재를 만나 가끔 마주 앉는 일, 그건 망령에게도 산 자에게도 행운이리라. 산 자도 망령도 스스로가 먼지임을 알아차리고 있을 때 가능한 것이기도 했다. 싸구려 골방에 짐을 풀면서 여자는 그 쓸쓸한 동행자들이 고마웠다. 그 고독. 송이는 아직 자신을 따라오는, 이 별을 떠나지 못하는 망령의 슬픔이 제 것인 양 여겨졌다.

쉴 수 없는 골방을 다시 나섰다. 마을 몇 군데 기웃거리고 나서도 햇살이 많이 남아 있었다. 메마른 눈동자들이 줄줄이 송이를 응시하고 있었다. 그늘의 경계마다 당나귀들이 묵묵히 서 있었다. 수행자 같은 그 자세는 며칠 내내 여자를 따라오고 있었다. 적게 먹고, 더위에도 추위에도 강한 나귀의 성질은 환경의 척박함 때문일까. 아니면 원래가 성자적인 기질 때문일까. 아니면

게으른 신의 심부름 중인 걸까. 높이와 넓이를 가진 신의 부피를 견디는 고독을 나귀는 온몸으로 말하는 듯했다. 때문에 마을 변두리를 세 바퀴나 걸었다.

그 골방이 감사해질 지경까지 몸을 피곤하게 만드는 게 상책이다. 저녁 식사를 해결하기 위해 불빛이 번지는 작은 가겟방에 들어갔다. 쪽문 안에 세 개의 테이블 중 하나가 비어 있었다. 샐러드를 시키자, 색깔 연한 토마토와 양파만 담긴 접시가 나왔다. 하기야 이 극지 같은 마을에선 이러한 먹을거리도 기적 같은 것이리라. 흩어진 양파 몇 조각이 이슬라마바드에서 이곳까지의 여정을 고스란히 떠올리게 했다. 버스 지붕에 실었던 배낭은 훈자에 도착하자 형체 없는 먼지 덩어리가 되어 있었다. 그것을 끌어내리며 송이는 자신의 영혼을 떠올렸다. 해발 칠팔천의 설산이 사방을 병풍처럼 둘러싼 산골 마을 훈자. 그 미루나무 오솔길에서 일주일을 지내고 아침 일찍 훈자를 떠나왔다.

그러면서 누군가 천국을 말한다면 자신은 훈자를 떠올릴 것임을 확신했다. 하지만 한나절 길을 달려 소스트에 도착한 지금은 묘하게 바뀌었다. 어쩌면 천국은 거대한 황량함으로 뒤덮여 있지 않을까. 거친 암봉, 빙하, 장엄한 대자연 속에 파수 빙하, 루팔 등의 몇 채 되지 않는 마을들이 보석같이 숨어 있던 길을 지나면서 도착한 소스트는 훈자와는 전혀 다른 광야를 보여 주었다. 어떤 연민도 어떤 분노도 어떤 희망도 자라지 않을 것 같은 황야. 송이는 졸고 있는 동행 귀신들에게 말을 걸었다. '저것들 좀 보아. 당신들도 자기 연민을 좀 더 버려야 해.' 하지만 귀신들은 너나 그러라는 듯 고개를 돌리고 딴청이었다. 삭막한 지평은 마치 무한을 강조하려는 듯했다. 끝이 없을 것 같은 모래와 돌덩이들. 온몸의 마지막 배꼽까지 바닥에 엎드린 어떤 근원적인 자세를 보여 주는 소스트. 대자연 속의 겸허함이 손끝 파스텔처럼 그대로 묻어났다.

다음 날 송이는 일찍 숙소를 나섰다. 눕지도 못한 채 쪼그린 채로 새벽을 기다렸던 것이다. 다시 마을을 걸었다. 문이 열린 곳을 찾아 빵과 차를 시켰다. 엉성한 나무 의자에 걸터앉아 딱딱한 빵을 씹고 뜨거운 차를 넘기자, 갑자기 모든 게 익숙해졌다. 불편한 잠으로 하루를 건넜을 뿐인데 마을은 친숙한 얼굴로 다가와 있었다. 국경 버스를 놓치지 않아야 한다는 긴장도 자연스레 풀렸다. 불과 하루 만에 몇 바퀴를 돌았던가. 마치 오

래 살아온 느낌. 마을이 정말 작아서일까. 빛바랜 천 조
각을 걸치고 팔짝거리는 대여섯 살 소녀를 보는 순간,
송이는 자신이 그렇게 그 자리에서 뛰었던 기시감을 느
꼈다. 그래, 나 여기 살았었어. 판자로 이어진 몇 채 지붕
이 이 국경 마을이 원초적인 공간임을 말해 주고 있었
다. 모든 것이 너그러워졌다. 이방인이 아니라 주인이
된 느낌. 여행은 그랬다. 이방인으로 도착해서 주인이
되었다가, 다시 이방인이 되기 위해 떠나는 과정.

　작은 마을이 자신을 환대했음을 확인하며 송이는
여권에 도장을 받고 버스에 올랐다. 나귀 몇 마리의 환
송을 받았다. 무표정한 그 눈빛들. 하지만 나귀들이 얼
마나 먼 여정을 따라올 것인지 송이는 잘 알고 있었다.
버스는 이내 장엄한 풍경 속으로 흘러들어 갔다. 수많
은 고봉과 빙하로 이어지는 카라코람 하이웨이. 다음
날이면 중국 카슈카르에 닿을 참이었다. 세계에서 가장
높다는, 포장되지 않은 고속도로. 카라코람 산악을 통
과하여 해발 오천에 가까운 쿤자랍을 넘어 파미르를 가
로지르며 1,200킬로미터를 연결하는 하늘길. 대상들이
문물을 실어 나르던 히말라야 옛 실크로드. 당나귀나
말 한 마리에 의지하여 넘나들던 비단길. 겨울에는 폭

풍과 눈 때문에 통행이 끊기는 길. 그 무한한 시간을 송이도 흐르고 있었다.

끝없이 이어지는 설산은 인간이 얼마나 왜소한지를 가르쳤다. 태어나자마자 마주한 풍경이 끝없이 펼쳐진 메마른 고원이라면, 빙하와 설산이 이어진 사막이라면 인간은 제일 먼저 무엇을 배우게 될까. 버스가 산비탈을 힘들게 오르는 것을 보면서 송이에게 떠오른 질문이었다. 버스는 낡았고 끊임없이 덜컹거렸다. 바퀴 밑에서 피어오른 먼지들은 버스 안으로 넘치듯 기어들어왔다. 뜨거운 햇살에 사람들은 땀을 흘리고 눈사람처럼 하얗게 먼지를 뒤집어썼다. 버스 안 사람들의 긴 속눈썹에 먼지들이 소복했다. 아무리 덜컹거려도 우주처럼 고요한 버스 안.

서너 시간 지나자 계곡이 있는 곳에서 버스는 잠시 멈추었다. 쏟아져 나온 이들은 다리 운동을 하거나 물통에 물을 채우며 더위를 식혔다. 그런데 몇몇 사람이 저만치 떨어져 신발을 벗고 무릎을 꿇은 채 맨땅에 머리를 조아리며 기도하기 시작했다. 이 험한 여행 중에 기도라니. 그제야 송이는 이곳이 모슬렘 지역임을 이해했다. 버스 안에서 솟구쳤을 기도. 여자는 이 년여 살았던 사하라가 떠올랐다. 공사장에서 삽질을 하다가도, 공항에서 출국 준비를 하다가도, 시장 길에서도 시간이 되면 사람들은 옆에 신발을 벗어 놓고 기도를 시작했다. 곁에서 멀뚱멀뚱 그들의 경외를 지켜본다는 건 왠지 부끄러운 일이었다. 처음엔 종교적 관습이려니 했지만 그것이 그들에게는 생존의 법, 생명의 법이었고, 가장 근원적인 존재 형식이었던 것이다. 인간은 척박한 땅에 태어나면 제일 먼저 기도를 배운다. 경외를 배우는 것이다. 그것이 답이었다. 송이가 세상에 던진, 모든 고통과 슬픔에게 던진 질문에 대한 답.

바깥엔 사막 같은 고원이 이어지고 저만치 높은 설산들이 계속 따라오고 있었다. 가없는 척박함 속에서 납작한 집이 한 채씩 나타나곤 했다. 버스를 향해 집 앞에서 손을 흔드는 아이가 없었으면 그 집들은 하나의 모래 더미로 여겨졌을 것이다. 사람이 살 거라고 생각되지 않는 곳에서 살아가는 사람들. 그들은 무엇을 꿈꾸고 있을까.

세상에서 가장 높은 쿤자랍 고개에 도착했다. 중국과 파키스탄의 국경. 현장 법사가 '죽은 이의 뼈'를 이정

표 삼아 넘었다는 전설의 고갯길. 진리가 길이었을까. 중국과 파키스탄의 국경이었다. 작은 검문소에서 여권과 짐 검사를 하느라 모두 버스에서 내려 옹송그렸다. 파키스탄 사람들은 남자고 여자고 유난히 보따리가 크고 많았다. 보따리장수들이 자루를 열어젖히며 국경 수비대와 벌이는 실랑이가 한참 걸렸다. 국경 수비대라고는 달랑 군복을 입은 두 남자뿐이었다. 보따리를 뒤적이며 오고 가는 그 실랑이들이 너무 진솔해 송이는 콧등이 찡했다. 삶. 그래 저런 것이었지. 영도의 산복도로 골목에 비치던 그늘과 양지가 떠올랐다. 이곳이 삶의 현주소임을 확인시켜 주는 시비. 어쩌면 세상에서 가장 정직한 풍경이었다.

　송이는 고원 바닥에 깔린 꽃들을 헤아리기 시작했다. 바람의 발밑을 지나는 듯 희고 노란, 꽃잎들이 융단처럼 이어지고 있었다. 곧 카라쿨 호수를 지나고 타슈쿠르간으로 들어서겠지. 다시 숙소를 찾고 이방인이 되었다가 이내 어떤 친밀감에 사로잡히다가 다시 떠나겠지. 다음 날이면 카슈카르에 닿을 수 있겠지. 천 년이 훨씬 넘었다는 일요시장. 그 오래된 시장은 또 자신을 이방인으로 맞이할 것이었다. 따라붙은 귀신들도 조금 행복해질까. 얼마나 많은 당나귀들이 기다리고 있을까.
송이는 보랏빛 꽃잎을 발견했다. 아득한 고원을 온몸에
안고 흐르는 중이었다.

민들레도 나의 어머니였으니

그립습니다 그립습니다 그립습니다

나는 당신에게서 자란 연둣빛 싹입니다

정류소는 떠나려는 사람들로 혼잡했다. 설이는 다시 윗동네의 남걀 사원 지붕을 바라보았다. 무엇 때문이었을까. 다람살라에 도착하면서 무지개의 뿌리에 닿은 듯한 느낌을 기억한다. 설이가 유년을 보낸 영도엔 무지개가 자주 떴다. 장화를 신고 빗물 웅덩이에서 철벅거리다, 비닐우산을 접고 돌아서다 마주치던 커다란 둥긂. 허공을 가득 번지던 색색은 환상 그 자체였다. 하지만 아름다운 빛깔보다 그 밑동엔 무엇이 있을까 하는 궁금증에 사로잡히곤 했다. 그 경이를 이 먼 땅에서 느끼는 건 왜일까. 아마도 칠종인과법이라는, 달라이 라마의 법문 때문인지도 몰랐다. 어쩌면 무지개가 일곱 빛깔이라고 배운 까닭도 있을 것이다. 각 언어권마다 빛깔을 읽어내는 양식은 다르다고 하지만 말이다.

달라이 라마를 떠올리자 이내 눈가가 젖었다. 법문이 끝나던 어제 아침부터 불쑥불쑥 눈물이 솟구치곤 했다. 처음엔 왠지 몰랐다. 그 며칠 공부로 마음이 좀 가난해졌나 싶었을 뿐이었다. 닷새간의 설법이 끝나는 마지막 자리에서 보살계를 받는 순간 설이는 그 눈물의 까닭을 알았다. 가슴 깊은 데에 심어진 새로운 사랑 때문이었다. 자신의 생애에서 다시는 달라이 라마를 뵙기 어려울 것이라 생각하니 진한 통증이 밀려왔다. 평생 새로운 그리움이 커다란 무지개가 되었음을 예감했다.

배낭을 메고 다람살라에 도착한 지 보름째, 설이는 다시 출발점에 섰다. 델리에서 버스로 열 시간, 히말라야 초입을 따라 천 길 낭떠러지 위를 돌고 돌아 다람살라에 도착했을 때 이미 마음속 경계는 희미해졌다. 비탈진 골목 끝 숙소에서 머문 지 사흘째 아침, 며칠 후면 달라이 라마의 법문이 시작되는 기간임을 알게 되었다.

모든 일정을 연기했다. 델리에서 출발할 비행 일정도 바꾸었다. 모든 여정과 바꿀 만한 가치가 있었다. 미리 법문 수업을 예약하지 못한 설이는 여기저기 뛰어다니며 부지런을 떨어 겨우 자리 하나를 배정받을 수 있었다. 다시 며칠을 기다려 달라이 라마를 친견하는 수업에 입장할 수 있었다.

다람살라가 한눈에 내려다보이는 곳에 달라이 라마 궁전과 나란히 서 있는 남걀 사원. 그곳은 또 언제 들를 수 있을까. 그 첫날 다람살라 거리는 남걀 사원을 오가는 걸음으로 넘쳐났다. 지혜를 갈망하는 이들이 이른 아침부터 빗방울처럼 총총 모여들었다. 세계 각처로부터 도착한 각양각색의 사람들, 절룩이며 홀로 지팡이를 짚은 노인들부터 온 가족이 함께 나선 티베탄들, 붉은 옷을 입은 티베트 승려들, 젊은 배낭여행객들, 그리고 마음의 법륜을 따라 먼 길을 나선 수행자들이 사원으로 모여들었다. 아홉 시에 시작하는 법문을 위해서는 일곱 시 이전부터 설쳐 남걀 사원의 검색대를 통과해야 했다.

볼펜 하나까지, 준비해 간 보온병의 커피까지 체크받고서야 법문장에 앉을 수 있었다. 닷새 내내 이 층 법문장과 그 주변은 세계 각지에서 온 수행자들과 여행객들, 티베트 승려들로 발 디딜 틈도 없이 채워졌다. 족히 천 명에 가까운 듯했다. 달라이 라마를 숭앙하는 티베트 민중은 일 층 복도와 마당, 나무 밑 등에 흩어져서 작은 텔레비전으로 법문을 들어야 했다. 빈틈없이 자리를 메운 그들을 보면서 그곳이 이 세상 마지막 장소에 생겨난 꽃밭 같았다. 그만큼 진지하고 절실한 표정들을 또 어디서 볼 수 있을까. 맨땅에 자리를 만들어 기도하며 기다리는 순한 눈빛들. 점심을 만두 하나로 때우는 그 성실한 가난. 왜일까. 입장료를 치르고 이 층 법문장에 편하게 자리한 설이는 그들 앞에서 부끄러웠다. 자본주의에 함부로 젖어 있는 걸 들킨 것 같았다.

법왕, 가르치는 지도자, 가르치는 왕. 그건 정말 특별한 감동이었다. 법문장을 들어서면서 달라이 라마는 합장한 채 미소와 눈빛으로 먼 데 있는 사람까지 인사를 전했다. 이 시대의 스승답게 맑은 향기가 가슴속으로 스며왔다. 소탈하고 자상했다. 안경을 닦는 모습, 말씀 도중 종종 던지는 우스갯소리, 천연스러움이 묻어나는 웃음 등이 동네 할아버지처럼 친근하고 자유로웠다. 위대한 지도자임에도 불구하고, 형식을 벗어 버린 인자한 표정에서 관자재보살의 화신이라는 부연이 굳이 필요 없어 보였다. 거리에서 만나는 모든 티베탄들의 눈빛이 한결같이 맑고 선량한 이유를 이해할 수 있을 듯했다. 이 시대의 지혜자를 가진 티베탄들이 부러웠다. 상점이나 사무실, 가정마다 카닥(축복의 상징인 흰 수건)으로 두른 달라이 라마의 사진이 걸려 있다. 고향을 떠나 망명 생활을 하면서도 티베탄들은 달라이 라마를 중심으로 고결한 자존심을 신앙으로 지키고 있었다.

하루 아홉 시간, 닷새 동안 계속된 달라이 라마의 당부는 설이의 삶과 꿈을 그대로 관통했다. 그리고 눈물이 시작되었다. 온몸이 눈물 주머니가 된 듯 누군가 살짝 부딪치기만 해도 눈가에 눈물이 피어났다. 칠종인과법. 자신도 잘 모르는 눈물은 그 법문의 선물임이 확실했다. 칠종인과법은 수많은 생을 윤회하는 동안 모든 중생이 전생에 한 번 이상은 나의 어머니였던 적이 있음을 상기하는 '지모(知母)'에서 시작하는 관찰법이었다. 지모. 우리가 수억 겁에 걸쳐 윤회하며 살아오는 동안 모든 중생이 전생 어느 길목에서 한 번쯤 자신의 어머니였으며 언젠가의 미래에 자신의 어머니가 될 것이라는 발견. 이는 설이에게 새로운 갈림길을 선물했다.

모든 사람을 어머니로 느끼는 법. 사랑의 가장 구체적인 방식이 아닐까. 그렇게 진실은 단순하고 명쾌하다. 모든 사람을 친밀한 존재인 어머니로 인식하고, 은혜를 생각하고, 그 은혜를 갚으려는 마음을 품고, 이어자비심을 느끼고, 다음엔 고통은 대신 짊어지려는 이타(利他)를 가지고, 그 깨달음으로 흔쾌히 손해 보고도 행복한 보살심을 나타낸다는 것이다. 그렇게 인연의 그물코를 짠다면 아집과 집착에서 벗어나는 평등심과 보리심이 일어나지 않을까.

자신은 왜 다람살라를 선택했을까. 다람살라가 나를 불렀던가. 본래적인 '나'는 존재하는가. 세계는 보이는 대로 존재하는가. 외부 현상들은 어떤 진면목을 가지고 있는가. 행복을 원하는데도 왜 원치 않는 불행을 겪는가. 고통의 원인을 소멸시킬 수 있을 것인가. 왜 우리는 언제나 혼란스럽고 불안한가. 첨단 문명과 소유로 인해 생긴 분별심과 의심, 두려움 등 수많은 정신적 불행을 극복할 수 있을까. 공부란 무엇이며 깨달음이란 무엇일까. 여행길을 따라다니던 모든 질문과 해답이 다그 속에 있었다.

어느 생명도 불행을 원하지 않는다. 하지만 고통의

원인과 결과에 무지해 원치 않는 불행에 갇힌다. 그 어리석음과 무명 때문에 아집과 집착에 붙들린다. 그래, 모든 게 그 언젠가 내 어머니였고, 그 언젠가 어머니가 될 것을 떠올린다면 모든 욕망의 형태도 달라지지 않을까. 서운한 사람도 미워하는 사람도, 먹이를 노리는 표범이나 평화로운 초식동물이나, 어린 도마뱀과 굴참나무, 민들레도 다 그 언젠가 나에게 어머니일 수 있다는 것. 그 응시는 세계를 새롭게 펼쳐 주었다. 비로소 설이는 생명을 이해하는 밑동을 본 느낌이었다.

보리심은 곧 이타행이었다. 닷새 내내 가슴을 친 것도 이타의 문제였다. 이타야말로 자타를, 모두를 위한 궁극적인 지혜이며 무명을 벗어나려는 의지라는 것이다. 이타심은 가깝게는 모든 어려운 것을 견디게 하는 힘이 되며, 멀게는 무한한 공덕을 쌓을 수 있는 일체지의 근본이다. 따라서 나쁜 상황이 올 때도 그것을 수행의 길로 삼아야 하며, 불행한 상황이 오더라도 이타를 통해 긍정적인 상황으로 바꿀 수 있어야 한다. 이타가 결국 마음을 제어하는 보리심이 된다는 것이다. 마음을 제어하지 않으면 인류가 당면한 모든 문제는 근본적으로 해결이 불가능하다. 강압적인 제도로는 아무리 노력

해도 갈수록 불안하고 복잡해질 것임에 분명하다.

하지만 앎과 행동의 거리만큼 먼 사이가 있을까. 설이는 독각을 좋아했다. 그러나 성문과 독각의 자비심이 '구덩이에 빠진 사람을 비통해하는' 것이라면, 보살의 보리심은 '구덩이에 뛰어들어 건져내는' 행동에 비유된다. 깨닫는 것과 자신이 책임지고 행동하려는 것은 차이가 있다. 행동은 그래서 어렵다. 하기야 앎이 곧 행동이 된다면 그곳이 유토피아가 아닐까. 행함 없이 진리를 추구하는 염원은 교만에 불과하다. 깨달음이란 행동이다. 설이는 보리심도 이타심도 모두 행동임을 발견했다. 그것이 모든 환(幻)의 뿌리였다.

복잡한 사람들 틈에서 다시 '세계의 지붕'을 올려다보았다. 기독교인으로서 보살계를 받은 설이는 히말라야의 장관이 이어진 이 수려한 산동네에서 환한 등불을 발견했다. 그건 예수 정신을 향해 가는 또 하나의 크고 눈부신 지표였다. 가슴속에 번져 오는 물기들. 그래, 흘러야 한다. 구름도 사람도 산비탈도 흐르고 있었다. 다람살라는 삶이, 과거와 미래가 얼마나 무수한 현재들로 구성되어 있는지를 보여 주었다. 달라이 라마의 직접적인 법문 기간이 끝나서인지 정류소의 여행객은 들쑤셔진 벌집 같았다. 저 수많은 이들이 수만 겁의 생에서 내 어머니였으며 또 내 어머니가 될 것이란 말인가. 저들 모두가 행복을 꿈꾸고, 또 어떤 고통을 온몸으로 견디고 있단 말인가. 눈시울은 젖었지만 유쾌한 신비가 느껴졌다. 세상으로 나가는 버스가 기다리고 있었다. 무지개는 설이의 가슴속에서 더 선명해지는 중이었다.

영원의 바깥

신은 늘 가난한 나그네였습니다

영혼은 하늘에 있는 게 아니라 땅에 있습니다

신이 있을까. 지프는 슬그머니 푸른 구릉을 넘고 있었다. 새로운 길과 초원이 영원처럼 아득하게 펼쳐졌다. 도무지 가늠할 수 없을 것 같은 그 길을 한참 달리면 다시 은근슬쩍 푸른 구릉을 넘게 된다. 그때마다 광막한 초원이 아찔하게 펼쳐졌다. 까마득함. 그 영원의 회귀. 문이는 호주머니를 뒤지듯 신을 떠올렸다. 신이 있을까. 이틀 전 울란바토르 공항에 도착한 시간은 거의 자정에 가까웠다. 기내에서 자리에 앉자마자 문이는 죽

은 듯이 잠들었고, 울란바토르가 가까워졌다는 기내 방
송에 찔리듯 눈을 떴다. 첫날 머물 숙소도 정하지 못한
채 탑승했음을 그제야 떠올렸다. 두 달 마감을 앞둔 원
고를 뭉치째 안고 문이는 공항으로 내달렸던 것이다.
준비를 하면서도 망설이던 여행이었다. 고개를 들지 않
고도 별을 볼 수 있다는 곳, 지평선의 별을 보고 싶다는
열망은 오래되었다.

신은 어디에 있을까. 그를 만날 수 있을까. 울란바토
르 공항 출구에서 한국인이 경영한다는 신학교의 한 선
생을 마주치지 않았다면 문이는 길바닥 잠을 잤을 것이
다. 전생의 인연이었을까. 조금 무뚝뚝해 보이는 남자
는 우연히 말을 걸어 왔고 무작정 한밤중에 낯선 나라
에 도착한 문이를 보고 혀를 내둘렀다. 신이 있었던 걸
까. 어쨌든 그는 신이 보낸 사람답게 문이를 울란바토
르 시내까지 안내했고, 기숙사 빈방 하나를 내주었고,
무뚝뚝한 친절로 다음 날 당장 부딪혀야 할 이방인의
규칙 몇 가지를 짚어 주었다.

이튿날 일찍 눈을 뜬 문이는 중심가에 있는 한국 식
당을 찾았다. 설렁탕을 시키면서야 자신에게 달랑 배낭
하나가 전부이며, 이틀째 굶은 허기도 알아차렸다. 울

란바토르 외곽의 새하얀 게르에서 한 달간 머물며 원고를 완성하리라는 계획은 희한하게 사라져 버렸다. 대신 중원으로 나가야겠다는 생각이 밀려왔다. 식당 여주인에게 도움을 청하자, 소지품도 없이 울란바토르에 도착한 문이를 황당해하며, 화장품과 옷가지를 구입해 주느라 수선을 떨었다. 부랴부랴 몇 가지 여행용품을 갖추었다. 북쪽 홉스골은 무척 춥다는 말을 듣고 두꺼운 양모 내의도 구입했다. 자신이 이방인임이 분명해졌다. 이방인이 된다는 것은 누군가의 도움을 껴입는 일이었다. 마음은 하염없이 낮아졌지만 행동은 점점 뻔뻔해지고 있었다.

오후엔 기사가 딸린 지프를 빌릴 수 있었다. 짧은 영어로 소통하며 한 달 가까이를 함께할 몽고인 기사 라그와수렌은 우직해 보였다. 그는 자신이 아는 중원 속으로 문이를 끌고 갈 참이었다. 큰 물통을 몇 개 싣고, 쌀과 라면과 끼닛거리를 챙겼다. 한 달 치 양식이 얼마 되지 않았다. 채소는 귀해 엄두도 낼 수 없었다. 막막한 초원을 앞에 두고 문이는 돌아갈 비행기표를 떠올렸다. 실망일까 위로일까. 먼 길에 나서면서 그 먼 길이 결국 끝날 것임을 잘 알고 있다는 것은. 어찌 되었건 한 달 후면 문이는 예정된 귀국행 비행기를 타고 있을 거라는 사실. 이는 무엇을 의미할까. 어쩌면 지구라는 이 별에 태어나는 순간, 우리는 귀향지를 이미 예약해 두었는지도 모른다.

때문일까. 문이는 언제나 길에서 죽을지도 모른다는 것을 미리 염두에 둔다. 순간순간이 도착지이고 출발지라고 여겼다. 그건 일종의 습관이었다. 내 생명의 종착역이 사막이면 어떻고 바다 위면 어떠며 시장통이면 또 어떠랴. 떠나지만 결국 돌아오지 못할지도 모른다. 어쩌면 떠나는 그 길이 돌아가는 길일지도 모른다. 한나절 집을 비우게 될 때에도 돌아오지 못할 경우를 대비해 집 안 정리를 해 두는 오래된 습관. 하기 쉬운 말로 '대문 밖이 저승'이라 읊조리는 어른들을 어렸을 때 본 탓일까. 그런 강박증을 문이는 내심 즐겼다. 신이 있을까. 어디쯤 있을까. 초등학교 시절 5, 6학년 무렵부터 시작된 그 질문과 연결되어 있는 것일지도 몰랐다.

여기서 죽으면 무엇이 나의 죽음을 증명할 수 있을까. 문이는 배낭을 물끄러미 바라보았다. 배낭을 뒤지면 자신이 한국인이라는 것이 증명될까. 배낭 속 시집세 권은 시를 좋아하던 여자라는 것을 증명할 것이다.

일회용 화장품들은 화장에 게을렀음을 증명할 것이다. 여권과 잔돈으로 챙겨 온 달러, 푸른색 양말 그리고 원고 뭉치. 모두 제각각 문이의 삶을 유추하게 할 것이다. 자신의 고독, 자신의 선과 악도 증명될 수 있을까.

한나절 내내 양 떼와 소 떼, 그리고 드문드문 보이는 게르를 스쳐 지났다. 게르는 신이 던져 놓은 공처럼 초원 위에 동글동글 하얗게 피어 있었다. 어릴 적 화단에 묻은 까치의 무덤이 생각나고 지렁이의 무덤도 떠올랐다. 문이는 초등학교 화단 뒤켠에 애처로운 것들, 버려진 것들을 묻어 주곤 했다. 초원 곳곳 버려진 울타리들이 유한성이 무엇인지, 유목의 삶을 보여 주고 있었다.

자작나무 숲을 만났다. 운전기사는 그 아래 그늘을 만들며 밥을 지을 준비를 했다. 이곳에서 저 아득한 지평을 바라보며 밥을 먹어야 한다는 말이지. 밥을 차리다가 문이는 그 큰, 희디흰 자작나무 숲을 보며 왠지 부끄러워졌다. 키가 큰 자작들은 끝이 없을 듯 우거져 있었다. 우듬지 끝마다 펼쳐져 있는 짙푸른 하늘과 새하얀 구름 떼. 그제야 자신이 이번 여행에 나선 이유가 명확해졌다. 부끄러움이었다. 그래서 비행기를 탔고, 들소 떼를 만나면 들소들에게 부끄러웠고, 말 떼를 만나면 말들에게 부끄러웠고, 양 떼를 만나도 그랬다. 끝없이 펼쳐진 풀꽃들에게도 부끄러웠다. 부끄러움을 버리고 싶었던 걸까. 그 부끄러움의 실체를 알고 싶었던 걸까. 신이 있을까. 그 질문의 실체는 거기 있는 게 분명했다. 아무도 묻지 않고, 아무도 응답하지 않았지만, 몽골의 초원은 그 모든 것을 품고 흐르고 있었다. 라그와수렌은 해 질 무렵이면 어김없이 게르에 도착했다.

길도 바람도 구름도 흐르고 있었다. 소 떼와 양 떼도 스스로 위대한 자연임을 입증하려는 듯 고요하게 흘렀다. 몽골인 기사는 문이가 작가인 것을 어떻게 감지했는지, 멈추는 곳마다 충분히 산책할 시간을 주었다. 달리는 내내 무엇이든지 펼쳐져 있었다. 구부러지거나 움츠러든 것이 없었다. 거대한 자연 속으로 흐르는 전선들조차도 기도처럼 보였다. 간절한 기원을 담은 푸른 천들이 빽빽이 걸린 돌탑이나 유칼립투스 나무들도 눈부셨다. 서낭당을 보건대 몽골 무속과 한국 무속이 같은 흐름을 갖고 있음은 확실했다. 제법 초원에 익숙해져 스스로 몽골인이 된 것처럼 편안했다. 차에서 듣는 몽고 유행가도 따라 흥얼거릴 만큼 익숙해졌다. 광대한 넓음 말고는 모든 것이 낯익었다. 하지만 다른 것은 끊임없는 질문이 따라온다는 사실이었다. 그 부끄러움.

초원을 따라 달리는 일이 전부였고, 잠깐잠깐 배를 채우고 잠들고, 다음 날 아침 차를 마시고 또 달리기 시작했던 날들. 헤아리는 것도 귀찮아질 무렵, 홉스골에 도착했다. 나무로 지어진 게스트 하우스는 아늑했고, 홉스골 호수에서 가까웠다. 초원이 출렁이고 있었다. 끝없는 출렁임이 우주에 가득했다. 문이는 달빛처럼 고요해졌다. 풀 한 포기, 바람 한 점에도 귀를 기울였다. 새벽의 말과 저녁의 말은 빛깔도 향기도 달랐다. 마음을 최대한 내리고 그 언어들을 두 손으로 받고자 애를 썼다.

다만 한 가지, 밤이 너무 추웠다. 식당 여주인이 특별히 비싸게 구해 준 양모 내의도 소용이 없었다. 문이는 자다가 깨고 자다가 깼다. 추위 때문이었다. 죽음도 무릅쓰자고 내심 여러 번 작정했지만 추위조차 감당하지 못하는 자신을 보면서 문이는 몸뚱어리의 한계를 절감했다. 결코 죽음을 무릅쓰지 못할 것이라는 것. 자신의 의지와 달리 육체는 최선을 다해 죽음을 피하고자 할 것이기 때문이었다. 정신은 육체를 이길 수 없을 것이었다.

홉스골에서 엿새째 잠결에 일어나 내다본 초승달은 그야말로 얼음 조각 같았다. 게르 주인이 건네준 큰 장작은 이미 다 땠고 불씨는 꺼져 있었다. 주변 잔가지라도 주위 다시 불을 지피지 못하면 문이는 밤새 얼고 말 것 같았다. 머뭇거림도 없이 문이는 가방 속 원고 뭉치를 꺼냈다. 난로에 넣고 성냥을 그었다. 한 장씩 한 장씩 원고지를 넣을 때마다 불은 모양을 갖추며 타오르기 시작했다. 그예 문이는 뭉치를 통째 던졌다. 원고는 그게 제 본분이었던 것처럼 활활 타올랐다. 아름다웠다. 내친김에 읽던 시집 세 권도 던져 넣었다. 그런 가벼움 때문이었을까. 원고 뭉치가 재로 사그라드는 중에 천사들의 날개 소리를 들은 느낌이었다. 불쏘시개로 된 시집을 뒤적이는 환한 불꽃을 보며 문이는 간만에 깊은 잠에 빠졌다. 그리고 아브라함 꿈을 꾸었다. 사막 저쪽에서 걸어오는 세 이방인을 초대하는 꿈이었다.

아침에 일어나니 숙소 주변은 온통 안개였다. 안개 속에서 태양은 희미한 윤곽을 드러내고 있었다. 안개 속을 걸었다. 그제야 문이는 밤에 원고 뭉치를 다 태워버렸음을 기억해냈다. 몽골에 온 후 한 번도 뒤적이지 못한 원고였다. 신기한 것은 그 원고 뭉치가 무슨 내용인지 전혀 기억나지 않는다는 것이다. 희한하게 깜깜했고, 아무것도 떠오르지 않았다. 여행의 이유가 그 원고 뭉치였는데 그것이 생각나지 않다니. 일순 즐겁기도 하고 두렵기도 했다. 여기는 어딜까. 가슴이 벅차오르는 건 무슨 까닭일까.

저쪽 주인이 있는 게르로 가서 장작부터 얻어야 했다. 양 떼도 들소들도 안개 속에 있었다. 그리고 신, 문이가 궁금해하던 신도 어렴풋한 안개 속에 있었다. 그랬다. 구름은 신의 어깨였고, 자작나무는 신의 속눈썹이었으며 초원의 꽃들도 동물들도 모두 신의 솜털이었다. 신은 바짝 문이 뒤를 따라오고 있었고, 한 번도 만난 적이 없지만 잘 아는 느낌. 그의 대답에 담긴 슬픔과 연민이 물 알갱이로 번지는 안개 속이 왠지 시원하고 선명하게 다가왔다. 원고 뭉치를 다 태워 버린 지금의 명쾌함은 큰 선물이었다. 문이는 돌아갈 수 있을 것 같았다. 돌아간다는 건 신을 만났다는 말이기도 하지 않을까. 남은 중원을 돌고 나면 그 모든 게 더 유쾌하지 않을까. 영혼은 먼 하늘에 있는 게 아니라 땅에 있다는 것이 확실해졌다.

그들만의 대항해

신성한 숙제를 기억합니다

고귀한 자를 호명하는 법을 배웁니다

"아, 고귀하게 태어난 자들이여."『티베트 사자의
서』속에 거듭 나오는 호명이다. 죽어서 중음천(中陰天)
을 떠도는 영혼을 부를 때 티베트 성자 파드마 삼바바
는 이렇게 호명했다. 고독하고 허무한 어둠을 떠돌면서
도 자신이 얼마나 아름답고 귀한 존재인지를 잊지 않기
를 당부하는 목소리였다. 어떤 비천함과 두려움 속에서
도 깨달음을 향한 열망을 기억해내라는 부탁은 그 어떤
연민보다도 완전한 사랑을 보여 주고 있었다. 그 간절

함이라니.

성이는 책 속에서 울려 나온 그 호명에 부딪치는 순
간, 왜 그란 카나리아의 버려진 묘지를 떠올렸을까. 호
명은 책의 페이지를 넘기면서 반복되고 있었다. 서부
아프리카의 대서양에 떠 있는 작은 섬. 그 안에 버려진
황폐한 무덤들. 무엇보다도 그 무덤들이 아직도 자신의
가슴속에 살아 있다는 사실에 성이는 종종 소스라치곤
했다. 죽음이 가장 강렬하게, 미세하게 다가온 순간이
었기 때문일까. 그 섬을 떠나온 지도 정말 오래이다. 그
러니까 그 낯선 공동묘지 앞에 망연자실 섰다가, 펑펑
울다가, 가슴에 품은 지 벌써 삼십 년이 넘은 셈이다.

카나리아 제도. 북대서양에 떠 있는 일곱 개의 화산
섬. 하나같이 햇빛 풍요로운 휴양지로 유명했다. 성이
는 그 중 하나인 라스팔마스에서 십 년을 머물렀다. 먼
옛날 중세인들이 죽어서나 갈 수 있다고 믿었던 행운의
섬. 지금도 '신의 은총을 받은 섬'이라 불릴 만큼 햇살과
파도가 신비롭고 매혹적인 섬. 그곳에 사는 내내 일상
은 시푸른 빛살이 만들어내는 파도의 유리구슬로 가득
했다. 얼마나 눈부셨던가. 하지만 그 유쾌함은 묘지를
발견하기 전까지였다. 버려져 뭉그러진 무덤과 깨어진

잿빛 석판들은 존재의 공포를 알려 주었고, 온화한 기후와 극명하게 대비되는 냉혹함이었다.

한국 선원들의 묘지였다. 고기잡이배를 타고 먼바다로 나섰던 사람들. 그리고 자신의 대지로 돌아갈 수 없었던 사람들. 잊힌 무덤들은 거의가 푹 꺼졌거나 형태가 찌그러져 있었다. 69년 이월봉, 74년 허창식, 73년 여수석, 74년 하동섭, 76년 이광선 등 뭉그러진 백여 개의 이름들은 잘 읽히지도 않을 만큼 문드러져 있었다. 파묻힐 듯한 비석을 보면서 그들만의 항해를 떠올렸다. 한 육신이 담겼던 장소임을 말해 주는 꺼진 석판 앞에서 그들만의 푸른 뱃길이 출렁이고 있었다. 손길 닿은 지 까마득해 보이는 스산한 잿빛 속에서 비린내 나는 그들의 미래를 떠올렸다. 삭아 버린 나무 십자가에서 그들의 잊힌 절망을 떠올렸다. 그들의 항해. 출항하면서, 광막한 물결을 마주 보면서, 깊고 푸른 비늘에 길들여졌을 그들만의 바다. 신은 애초 그 어디에도 없었다. 신도 자기 뒤통수를 보지 못한다. 그곳은 신의 뒤통수였다. 미세한 바람이 흔드는 마른 풀들이 미묘한 음성을 내고 있었다. 움푹움푹한 자리들이 꺼진 눈동자들처럼 깊었다. 지옥에 창문이 있다면 저런 형태가 아닐까. 눈물 때문인지, 바람이 불 때마다 어떤 환영들이 일어서는 것 같았다.

대항해시대 카나리아 제도는 유럽에서 아프리카로 나가는 하나의 관문이었다. 아시아로 향한 온갖 무역선들이 마지막으로 거치는 해역이었다. 매의 눈을 가진 해적선들도 많았다. 1492년 미지의 세계를 찾아 나선 콜럼버스가 카리브해로 가는 길에 원정대 범선 핀타호의 고장으로 정박하게 되면서 이곳은 콜럼버스 신대륙 항해 여정의 일부가 되었다. 그러면서 이곳은 유럽, 아프리카, 아메리카를 잇는 삼각 무역 중계항으로 발달했다.

몇 세기가 지나, 1960년대 라스팔마스엔 한국 원양어업 기지가 세워졌다. 전쟁이 끝난 직후라 나라 전체가 가난의 극복에 매달렸다. 1957년 첫 원양어선 지남호가 부산항을 출발, 인도양으로 향하면서 시작된 원양어업은 경제 발전의 초석이 되었다. 너도나도 삶을 찾아 나선 길, 얼마나 먼 바다에서 얼마나 무거운 그물을 끌어 올렸던가. 그 시절 원양어선은 황금 어장을 찾아 이역만리를 누비고 다녔다. 특히 대서양 그란 카나리아는 그 발판이 되는 중요한 섬이었다.

그러나 산업화의 기수들이었지만 원양어선의 환경

은 몹시 열악했다. 선원들에게 그건 모험선이었다. 가난한 조국과 배고픈 가족을 위해 강파른 노동과 고단한 눈물을 견뎌야 했다. 누가 그것을 헤아릴 수 있을 것인가. 금의환향을 기대하며 그물을 끌던 선원들 중에 유명을 달리한 사람들이 생겨났다. 병들거나 사고사였다. 그란 카나리아 묘지에 묻혀 있는 그 유골들. 누가 그 죽음을 추모하고 기억해 줄 것인가.

더없이 황량한 버려진 공동묘지를 보았을 때, 그 낯선 이국땅에서 닳아 버린 한글 이름 석 자는 죽음 이전의 고독이었다. 그건 고결함을 잃어버린 존재에 대한 공허였다. 탄생 순간의 순수하고 투명한 생명성은 어디로 갔는가. 때 묻은 플라스틱 조각처럼 쓰레기가 되어 버린 존엄이란 얼마나 뼈아픈 것인가. 그들을 목메게 불렀을 사람들. 한국 연안을 떠나 망망한 수평선을 마주하면서 그들이 그렸을 희망. 그들의 항해는 얼마나 깊고 광막했을까.

묘지를 다녀오고 나서 그란 카나리아의 풍경은 다르게 읽히기 시작했다. 종종 보았던 흑인들이 강제로 잡혀 추방당하는 장면들이 얼마나 까마득한 심연인지를 깨달았다. 가난을 탈출하고자 했던 아프리카인들도 이곳을 지나갈 수밖에 없었다. 해변에서 목각을 팔던 밀입국자들은 늘 쫓겨 다녔다. 존재의 고결함과 비애란 얼마나 깊은 기도인 걸까. 그것은 잊힌 묘지에 담긴 목숨의 존엄함과 함께 성이에게 삶의 환승역이 되었다. 그 묘지들은 크고 작은 죽음 앞에서 매번 서늘한 그림자를 가진 구름으로 다가왔다. '스러진다'는 말, 그들의 공허와 항해는 햇빛이 풍요로운 섬이었기에 더 넓고 아득했다. 그리고 성이는 섬을 떠났다. 버려진 묘지들은 성이의 영혼을 따라왔다.

성이가 귀국하고 십 년 후쯤 무덤들이 정비되고 납골당과 위령탑이 세워졌다는 메일을 받았다. 그때 눈물을 주체하지 못하는 성이를 달랬던 지인이 일부러 소식을 띄워 준 것이었다. 정말 특별한 안부였다. 가슴을 쓸어내렸다. 그들의 항해가 비로소 끝난 느낌이었다. 그렇게 죽음은 성이에게 삶을 가장 정확하게 이해하고 또 삶을 사랑하는 방편이 되었다.

"아, 고귀하게 태어난 자들이여." 정말 그들은 고귀했을까. 그들에게 어떤 약속이 있었을까. 낯선 사람과 낯선 대양은 그들에게 무엇을 약속했던가. 막막한 대양에서 그물을 끌어 올리면서 마주치는 일출과 일몰이 그들에게는 어떤 의미였을까. 오로지 목숨이라는 생존이었을까. 그들이 벌어들인 비린내 나는 돈들은 어디로 흘러 흘러 갔을까. 가족들에게 건네야 했던 생활비는 콜럼버스의 대항해에 못지 않은 모험이었고, 희망이었고, 절망이었다.

"돌멩이처럼 어느 산야에고 굴러/그래도 죽지만 않는/그러한 목숨이 갖고 싶었습니다."[2]라는 한 시인의 고백을 듣는다. 태초에서부터 모든 존재의 약속은 살아남는 일이었을 것이다. 생명 자체가 간절한 기도였다. 생명의 열망은 어떤 경우에도 고귀하지만, 그 모든 생명이 도착하는 곳은 죽음이다. 죽음은 피부처럼 밀착되어 있는 일상이다. 죽음은 결코 대상화될 수 없는 존재였다. 생명이 고귀했기에 죽음도 고귀해야만 했다. 아무리 절실해도 삶의 모든 방향은 죽음을 향한다. 우리가 할 수 있는 일은 어떤 죽음이든 고귀하게 만드는 것뿐이다.

태종대에서 순직 선원 위령탑을 보았을 때 성이는 가슴이 저렸다. 오대양의 거친 모험 속에서 돌아오지

---

[2] 김남조의 시「목숨」에서.

못한 선원들을 기리는 탑은 대양을 누비던 선원의 꿈과 절망을 얼마나 담아내고 있을까. "아, 고귀하게 태어난 자들이여." 중음천을 떠돌 때 누가 그들을 불러 주었을까. 이 광막한 우주 속에 생명이 가는 길이 있다는 것을 그들은 이해했을까. 이국만리 바다에서 꺼져 갔을 등불들이 아직도 우리의 가슴 한 모퉁이를 항해하는 중이라고 성이는 믿었다. 어미들이 오래 간수했을 그 이름, 신들조차 감지하지 못했을 절망의 순간에 그들은 무엇을 떠올렸을까. 고향을 품고 숨을 거둔 그들은 중음천에서 들리는 그 호명을 들었을까. 그 호명을 듣고 하늘을 바라보았을까. 지친 발길을 추슬렀을까. 아, 다시 태어나 우리에게로 돌아왔을까. 그리고 다시 누군가를 호명하고 있을까. "아, 고귀하게 태어난 자들이여." 그것은 죽은 자를 죽은 자답게, 산 자를 산 자답게 세우는 호명이었다. 그건 바로 목숨 그 자체였다.

출항할 때 가슴에 차오르던 비애와 희열. 황폐한 무덤들과 그 깨어진 비석들. 돌아오지 못한 자들의 영혼과 그 고독. 그리고 그들만의 대항해를 성이는 기억하고 있어야 했다. 자신도 항해 중이었기 때문이었다. 삶 자체가 곧 중음천이었다. 이 두 세계는 똑같이 카르마

법칙의 지배를 받는 허공이었다. 우리가 살아 있다고 믿는 이 땅도 우리가 두려움으로 헤매는 중음천인 것이다. 또한 분명하게 깨달았다. 그들의 대항해 속에 성이의 바다도 이미 들어 있다는 것을. 그것이 모든 존재의 신성한 숙제라는 것을. 그들의 고귀함이 곧 자신을 고귀하게 만든다는 것을.

*
———

난 폭풍이 되기도, 핏물이 되기도 했지요. 폭포가 되었다가
개울이 되었다가, 다시 바다가 되기도 산등성이 동굴이 되기도
했고, 물고기의 비늘이 되기도 검은딱새의 깃털이 되기도 했지
요. 아프기도 했고 아픈 사람을 치료하는 한 방울 시럽이기도
했고요. 물 알갱이 같은 내 영혼이 까치발로 온 우주를 떠도는
것이 스스로도 점점 기특해지기 시작했어요. 아무리 작은 잎새
라도 그 뒷면은 얼마나 촘촘한 잎맥으로 가득한지도 알았어요.
그 잎그물은 가장 세미한 우주였어요.

3부

촉
수
의

기
억
을

살
다

*
———

그 후의 인어공주

무화(舞花), 춤추는 꽃으로 여행 중입니다

어떤 형태이건 지금이 나의 본래입니다

　

난 인어공주예요. 누가 내 사랑을 기억하고 있을지 모르겠군요. 나는 사랑을 선택했고, 그리고 물거품이 되어 버렸지요. 은빛 금빛 물결로 지은 푸른 왕궁과 가족을 버리고, 목소리도 잃어버린 채, 공기 방울이 되어 버린 나를 슬픈 인어공주라고 모두 생각하죠. 당신도 그런가요. 물방울이 되었다가 공기 속으로 떠오른 지 아득한 시간이 흘렀네요.

　그렇지만 나는 사라진 게 아니에요. 아직도 걷고 뛰

고 또 하늘을 날면서, 흔들리고 출렁이며 살아 있지요. 누군가를 그리워한 그 진심의 힘으로 아직 이 세상을 돌고 도는 중이지요. 한 잎 거품이었던 나는 처음에 구름이 되었어요. 무수한 물 알갱이 동무들이 나를 품어 주었지요. 정말 솜털처럼 따뜻하고 가벼웠어요. 왕자님을 흠모한 내 사랑이 멋지다고 소곤거리는 동무들의 귓속말에, 정말 조금씩 슬픔을 잊었고 조금씩 행복해졌지요. 거품이 되었는데도 내 사랑이 더 반짝인다는 걸 알았거든요. 무화(無化)는 무화(舞花)였어요.

나는 이집트까지 날아갔답니다. 구름이 얼마나 빠른지 아시나요. 지구를 한 바퀴 도는 데 얼마 걸리지 않아요. 풍경 속에 들어 있는 신비를 정신없이 들여다보게 되지요. 물방울들과 어깨동무를 하고 날다가 제일 먼저 닿은 곳이 나일 강이었어요. 이집트 고대 문명의 신비가 담긴 룩소르 신전이 있는 동네였죠. 룩소르, 카르낙 신전과 아부심벨 신전, 람세스의 역사, 파라오들의 숨겨진 무덤들이 참으로 장엄해 보였지요. 하지만 난 나일 강가에서 조각배를 타고 노는 아이들이 더 신화적이고 아름다웠어요. 찰방찰방 강물을 헤치며 아이들은 수영을 하고, 조각배를 나누어 타며 깔깔거렸어

요. 아이들 터뜨리는 웃음은 이전에 그 어디서 만져 본
적도 들어 본 적도 없는 보석이었지요.

　나도 아이들 손바닥에서 톰방톰방 미끄러지며 함께
놀았어요. 내 몸이 저절로 빛나는 순간들이었지요. 노
을이 강가에 닿기를 간절히 기다렸답니다. 아이들에게
선홍빛 노을에 잠긴 나일 강을 선물하고 싶어서요. 구
름으로 여행하는 동안 노을이 정말 신비롭다는 걸 알
았거든요. 기다림이 간절해질 무렵 노을이 도착했어요.
내가 온몸으로 얼마나 정성껏 뒤척였는지. 많은 물 알
갱이들이 모두 나처럼 흔들렸어요. 한참 부산하던 아이
들은 문득 숨을 죽이고 찬란한 붉음을 묵묵히 바라보더
군요. 나는 그 아이들이 람세스나 투탕카멘보다 더 위
대하고 경이롭게 보였어요.

　아이들이 맨발로 지붕을 찾아 돌아가고, 바람이 긴
팔로 내 무릎을 일으켜 세우는 것을 난 느꼈어요. 바람
을 따라 긴 여행을 다시 시작했죠. 모래 먼지가 된 나는
바람을 타고 사막을 건너 티베트에 도착했답니다. 내
가 발을 디딘 곳은 어느 공사장이었어요. 오래된 신전
을 수리하는 공사장 흙더미에서, 두 살배기 여자애가
먼지투성이로 놀고 있었지요. 역시 먼지투성이인 아버

지는 저만치서 열심히 돌을 깨는 중이고요. 나는 아이 눈썹에 붙은 먼지였습니다. 어미가 병이 깊어 돌볼 사람이 없어, 아기는 아버지에게 업혀 공사장까지 왔습니다. 아기는 흙먼지와 노는 게 즐거워 보였어요. 바다보다 깊은 아기 눈동자 때문에 나는 모든 게 넉넉해져 그만 마음을 풀어 버렸답니다. 아기 눈썹 위에서 잠들었는데 깨어 보니 한밤이었고, 아기 옆에 누운 병든 어미가 눈물짓는 것을 보았지요. 모든 눈물이 기도인 것을 그때 알았지요. 그렇게 내 사랑보다 더 큰 사랑을 배웠답니다.

그 집에서 사흘이나 잘 지냈는데, 그다음 날, 아이 아버지가 카펫을 터는 바람에, 나는 다시 바람을 타고 올랐습니다. 긴긴 여행이었어요. 모든 여행은 깁니다. 모든 것과 헤어지고, 모든 것과 만나는 순간들이기 때문에, 간단하고 짧은 여행은 없는 것이지요. 나는 무수한 길, 무수한 나무를 만났습니다. 그래서 잎새가 되기도, 우듬지가 되기도 하면서 하늘을 만들었지요. 풀숲의 뱀이 되기도, 코끼리가 되기도 하면서 길을 만들고요. 그러다 딱, 눈송이가 되고 말았습니다.

훈자라는 마을이 내려다보이는 파키스탄에서 해발

팔천에 가까운 레이디 핑거라는 산봉우리 밑에서였습니다. 그 히말라야 자락에서 얼마나 오래, 긴 시간에 잠겨 있었는지요. 자다 깨다 하며 거의 빙하 같은 얼음층으로 지냈습니다. 목숨을 걸고 설산을 오르는 사람들의 무거운 발소리에 꿈결이 흔들리곤 했지요. 하지만 어느 날, 문득 아주 작은 꽃들이 피우는 실뿌리의 날개 소리를 들었고, 저 멀리 얼음장 밑으로 흐르는 물의 날개 소리를 들었지요. 정말 환희였어요. 세상 모든 존재는 날개를 가지고 있다는 것을 알았지요. 아무 깊은 땅속이라도요. 아무리 깊은 얼음 속이라도요.

그러다 문득 개울을 타고 흘러, 훈자 마을 시냇가로 내려왔답니다. 비록 석회가 많은 검은색을 띤 물이긴 했지만, 난 어린 살구나무로 들어갔어요. 내가 황금빛 살구가 되면, 얼마나 많은 사람들이 좋아할까 싶었지요. 다른 물 알갱이 친구들은 옆 미루나무로 종종종 들어가더군요. 가방 메고 학교 가는 아이들 뒷모습을 보면서 살구로 익어 가는 과정은 정말 행복했어요. 아이들은 늘 나의 향기를 확인하곤 했으니까요.

그러다 난 알게 되었어요. 인어공주 이전에도 난 무수히 떠돌던 거품이었음을요. 고대 문명 마야와 아즈텍에도 다녀왔던 것을 기억해냈죠. 그들의 후예가 팔고 있는 싸구려 공예품이 되기도 하고, 태양신을 섬기는 잉카의 박물관에서 오래된 곰팡이가 되기도 했던 시절을요. 흑인 노예들이 부르던 슬픈 노래 소절이 되기도 하고 인디오들의 낮은 피리 소리가 되기도 했지요. 내게 많은 사랑이 응고되어 있음을 알았어요. 고마운 일이었죠.

그 후에 난 어떻게 되었을까요. 무수한 상갓집을 떠돌며 술잔이 되기도 하고, 잔칫상에 놓인 감로주가 되기도 했고요. 비참한 전쟁터에서 눈물이 되었다가, 무수한 죽음 옆에서 고물고물 다시 움트기도 했어요. 보스니아라는 나라에선 드리나 강의 다리를 비추었죠. 제주도라는 섬에서는 억울한 핏방울이 되었고요, 또 한참 후 광주라는 도시에선 쏟아지는 피땀이 되었죠. 역사는 누군가의 고통과 희생을 기억하는 것임을 세상을 돌아다니면서 깨달았죠.

난 폭풍이 되기도, 핏물이 되기도 했지요. 폭포가 되었다가 개울이 되었다가, 다시 바다가 되기도 산등성이 동굴이 되기도 했고, 물고기의 비늘이 되기도 검은딱새의 깃털이 되기도 했지요. 아프기도 했고 아픈 사람을 치료하는 한 방울 시럽이기도 했고요. 물 알갱이 같은 내 영혼이 까치발로 온 우주를 떠도는 것이 스스로도 점점 기특해지기 시작했어요. 아무리 작은 잎새라도 그 뒷면은 얼마나 촘촘한 잎맥으로 가득한지도 알았어요. 그 잎그물은 가장 세미한 우주였어요. 그렇게 우주를 유영하면서, 그렇게 변신하면서 우리는 신이 되는 중이지요.

신은 얼마나 잘 익은 물방울일까요. 얼마나 달콤한 거품일까요. 얼마나 부드러운 사랑일까요. 정말 신은 얼마나 눈부신 자유이며, 얼마나 강인한 정의일까요. 지구를 수천, 수만 바퀴를 도는 동안 조금씩 조금씩 우주 공부를 한 셈입니다. 그렇게 해서 난 영도에 도착했지요. 다시 영도를 떠나기도 하고요.

인어공주가 목소리와 사랑을 잃고 소멸한 줄 알지만, 실은 그 소멸이 모든 시작이었던 거지요. 나는 한 방울 물 알갱이가 되어, 한 잎 거품이 되어, 한 점 먼지가 되어, 한 덩이 얼음이 되어, 한 줄기 물관이 되어, 점점 사랑을 배워 갔답니다. 미완성이 진짜 완성임을 깨달았죠. 사랑을 연습하고, 사랑을 전달하고. 그래서 우주가 사랑으로 그득해지는 것을 상상했답니다. 그 어디까지 흐르면서, 부드럽고 강인하고 눈부시게 성장했지요. 그러면서 바다 왕궁에서 인어공주로 태어난 나의 아름다운 DNA를 이해하게 되었지요.

46억 살이라는 이 지구에 어떤 생명도 없던 시절, 최초의 식물성 세균이라는 시아노박테리아가 광합성을 통해 산소를 한 방울 뿜어내었죠. 산소가 희박하던 지구는 이 박테리아의 번성으로 다양한 생물종들이 살아가는 오늘날 환경을 만들 수 있었다지요. 선캄브리아기의 박테리아가 만든 대기와 온도 속에서 나의 DNA는 다양한 형태로 진화되었죠. 지금도 내 가장 깊은 데서는 처음 산소를 뿜어내던 순간의 그 힘과 환희를 기억하고 있는 것 같아요. 당연히 이 DNA는 지상의 모든 존재가 공유하고 있는 것입니다. 그것이 조금만 노력하면 우리가 사랑을 느끼는 이유입니다.

무언가를 바라보는 것, 그것을 기억하는 것, 그리고 그것을 기다리는 것, 모두 사랑입니다. 인간은 수선화와 35퍼센트, 초파리와 74퍼센트, 오징어와 80퍼센트, 쥐와 95퍼센트, 오랑우탄과 98퍼센트 DNA가 닮았다 합니다. 우리 전부가 세포 속에서 연결되어 있다는 건 얼마나 흥미로운 정보인가요. 거기서 영원이 생성되죠. 얼마든지 사랑이 전파될 수 있고, 전파되어야 하는 이유이기도 하지요. 모든 존재가 세포 속에서 보이지 않는 고리로 연결되었다는 건 신비하고 또 참 행복한 느낌입니다. 그래서 우리는 영원을 감지하는 게 아닐까요.

내가 가진 촉수를 이해하면서 감각의 문법을 익혔어요. 허무함이 생성하는 건 결국 어딘가에 접속되는 힘이었어요. 촉수는 우리 무의식을 가장 닮아 있더군요. 가상과 실재가 어떻게 병치되는지, 혼재된 모순과 부조리가 가능성으로 바뀌는 순간들. 신비로운 미지의 힘이 만드는 공명들. 그 교차되는 시간과 공간의 경계에서 출렁이는 깃털과 환상들. 매우 아름다운 의미의 잎새들이었어요. 모든 순간이 영원인 이유이죠.

그러니, 어떤 먼 길을 가더라도 나는 나의 근원을 찾아가는 길인 거지요. 무화(舞花), 춤추는 꽃으로요. 어떤 존재로, 어떤 형태로 살건 다 나의 본래에 닿는 길. 그렇게 한참 떠돌면서 이 세상은 결코 완성이란 것은 없으며, 완성되지 않은 걸로 아름다운 것들이 얼마나 많은지 알았답니다. 매 순간이 새로움이기에, 나 인어공주는 오늘도 반짝이며, 홀로 여행 중입니다. 물론 그리움이라는 신발을 신고요. 무수한 촉수를 흔들면서요.

칠성 전당포

우리는 모두 오래된 전설입니다

사물들의 꿈을 보석처럼 이어 받습니다

　당신들에게 늙은 고양이의 이야기가 들릴 것인가. 고양이 말이 들린다는 게 우습긴 하지만 우린 다 귀를 가진 존재들이 아닌가. 귀 있는 자들은 들을지어다, 라고 성서는 부탁했지만 듣는다는 의지보다 내 말이 저절로 들리는 우연을 당부하네. 들린다는 건 듣겠다는 욕구보다 훨씬 본래적이고 생명다운 거지. 믿는 것보다 믿기기를 바란다는 말이네. 거기에 동의한다면 내가 건넬 만한 얘기들이 좀 있지. 오늘처럼 달빛 길이 하늘로부터 주욱 내려온 날이면 괜스레 오래 기다린 약속이 목전에 닥친 것처럼 설레. 생각이 많아지면서 수염이 근질근질, 가슴이 시큰시큰, 자꾸 제자리를 서성이게 되네. 오갈 데 없는 늙은이가 휘영청 엎질러진 달빛을 덮어쓰면 어떻게 되겠는가.

늙은이지만 내 이름은 검은 순이야. 이 동네 웬만한 놈들은 다 날 존경하지. 존경? 글쎄, 아닌 것도 같지만. 어쨌거나 오래 늙어 가고 있다는 것만으로도 존경받을 만해야 하지 않겠나. 시간을 견딘다는 건 바위산을 닮아 가는 거니 말일세. 산야신이 따로 없는 거지. 난 이 골목에서 그야말로 언제 버려졌는지도 모르는 소파 뒤쪽에 살고 있어. 사실 나 검은 순이는 도대체 몇 살인지 몰라. 세는 걸 그만두었거든. 하지만 이 골목 입구에 있는 포장마차 주인이 예닐곱 번 바뀌었다는 거 정도는 알고 있지.

처음부터 난 푹 늙어 있었어. 가끔 낡은 벽화 속 희미한 이미지에서 태어난 건 아닐까 싶기도 해. 골목은 늘 발원지를 모르는 늙은 강처럼 흐르고 있었고, 특히 골목으로 가득한 이 영도라는 섬은 수명을 알 수 없는 묵은 당산나무처럼 서 있어. 늘 그 풍경 속을 맴돌고 있었으니, 그저 아득한 시간을 살고 있다는 느낌 외엔 다른 생각이 거의 없지. 호랑이 담배 먹던 시절보다, 더 오래된 고양이 꽃술 먹던 시절을 사람들은 모르는 것 같더군. 이만하면 열린 귀에는 내 목소리가 저절로 닿지 않을까 싶네만. 고양이이지만 나 정도 되면 거의 귀신이 다 된 셈이지. 아닌 게 아니라 쓸데없는 게 자꾸 뵈는 것이 죽을 때가 된 건지도 몰라. 이제 낡은 가죽만 남은 몸뚱이가 뭐 무서울 게 있겠나. 저승사자가 외려 나를 무서워하는 거 같구먼.

오늘 밤따라 낙엽이 유난하군. 바람 불 때마다 온통 노란 소용돌이가 이네. 무수한 날개가 퍼덕이는 것도 같고 멸치 떼가 날아오르는 것도 같아. 정말 어떤 날개들이 떠오르네. 이제쯤 이승을 떠나야겠다 싶은 맘 탓인지 가을밤 탓인지 심란해. 내가 기댄 소파 밑이 더 깊어지는군. 이런 밤이면 오만 가지가 다 떠오르는 법 아닌가.

아 참, 내가 하려던 건 이런 감상적인 회상이 아닌데. 나 검은 순이는 아주 특별한, 오래전에 없어진 장소를 얘기하려는 거네. 골목 안 저쪽 칠성 전당포 말이야. 곧 바스라질 듯한데도 무슨 마법이라도 걸 것처럼 그 자리에서 우물거리지. 여긴 선창가에서 산복도로로 오르는 오르막 여러 샛골목 중 한 모퉁이야. 선창가에 이어진 시장이 끝나면서 몇 개의 여인숙이 흩어져 있지. 바랠 대로 바랜 간판 몇 개를 지나 큰 도로를 건너면 골목길이 시작되는 거야. 골목은 마치 거미줄처럼 사방으로 흩어지면서 서로 이어져 있어. 마치 시든 제비꽃 같은, 별 관심을 끌지 않는 여러 개 창문을 대충 넘기며 골목길을 찾아들면 거기 곧 지워질 듯한 집이 하나 있어. 그야말로 애환이 출렁이는 골목통에 어울리게, 꾸무럭꾸무럭 질긴 꿈이 골탄처럼 묻어나는 지붕을 가지고 있지. 칠십 년이 넘은 전당포였는데 주인이 돌연 사라지고 문을 닫은 지 두어 해 되지.

주인 박 씨가 아직도 눈에 선해. 처음부터 늙어 태어난 것 같은 얼굴이었지. 다리는 절었는데, 그 표정이 바뀌는 걸 한 번도 본 적이 없어. 친절하지도 불친절하지도 않았지. 공부도 좀 했다 하고 서울에서 사업도 좀 했다는데 교통사고가 났다나 어쨌다나 다리를 다치고 할 수 없이 고향으로 돌아온 거야. 아비가 죽고 난 뒤 할 수 없이 물려받은 것 같았지. 자세히는 모르지만 어쨌거나 한 골목에 같이 산 세월도 아득하다니까. 내게 친절한가 어쩐가 그런 거는 안 따져도 우린 그저 그러려니 하면서 동화되어 갔지. 그러고 보니 먹을 건커녕 내게 눈길 한번 준 적 없는 것 같군. 소시지 하나 건네준 적 없고.

어쨌든 동족처럼 생각되는 인간이랄까. 그러던 그가 어느 날 주섬주섬 트럭에다 물건을 싣더니 사라졌어. 떠나 버린 거야. 그리고 그 집은 혼자 늙어 가기 시작한 거지. 생각해 보면 이 골목 아니, 그 전당포 앞을 오가면서 난 진리를 깨달았다고나 할까. 싯다르타의 보리수나무처럼 말이야. 늙고 배고픈 고양이 주제에 이런 거창한 말을 하는 건 다 그럴 만한 신비가 있기 때문일 거라 전제해 주기 바라네. 이건 부탁이야. 나름 친하다고 생각했던 똥개 녀석에게 몇 번 말한 적이 있는데 영 알아듣지를 못하더군. 죽을 때쯤 그 느낌을 이해했는지 모르겠지만.

칠성 전당포는 정말 특별한 곳이었어. 나 검은 순이가 지금 이야길 하고 싶어진 건 바로 휘영청한 달빛 때문이지. 이 깊숙한 달빛을 가로지르던 날개가 기억나기 때문이야. 어느 날 그 집 뒷벽 쪽창에서 흰 새가 푸드득거리며 나와 하늘 까마득 날아오르는 것을 보았다니까.

마치 별이 되려는 듯 말이야. 그것도 여러 번. 그때마다 느닷없이 눈물이 핑 돌더군. 왠지는 잘 모르겠어. 뭔지 모르겠는데 그냥 목이 메곤 했지. 꿈. 꿈이었을지도 몰라. 우린 순간순간 백일몽이나 환상에 갇히기도 하니까 말야. 하나 계속 똑같은 꿈을 그렇게 꾸기는 쉽지가 않지. 어쨌거나 처음엔 그 집이 새를 키우는 집이라고 생각했어.

어릴 때부터 소문으로 듣긴 했지. 어릴 때? 그때도 늙어 있긴 마찬가지지만. 평생 빌어먹던 점돌 할배가 낮은 소리로 거기선 종종 새가 나온다는 전설이 있다고 귀띔하더군. 문제는 할배가 거기서 날아오는 새를 한 번도 본 적이 없다는 거야. 소문으로만 들었다는 거지. 그곳에선 달빛이 휘영청한 날이면 가끔 흰 새가 날아오른다는 거야. 얼마나 오래된 소문이었던 걸까. 점돌 할배도 못 본 걸 보면. 대개는 지나가는 이야기로 코웃음치기 마련이지만, 아마 그럴지도 모른다고 고개 끄덕이는 고양이 몇은 꼭 있기 마련이지. 난 약간 그런 쪽이었던 것 같아. 그런 족속은 나름 신중한 축이지. 고결한 것을 좋아하고 신중하게 사는 게 목표인 것들은 누가 뭐라 그러지 않아도 저 혼자 저 자신에게 이런저런 이치를 설명하곤 하지 않는가. 방정식도 잘 모르면서 말이네. 그러면서 약간 정신이 맹해지기도 하고.

그들이 말하는 신중한 삶이란 꿈꾸는 방식을 말하지. 꿈 이야기가 나왔으니까 말인데, 사람들은 동물도 꿈을 꾼다는 걸 잘 몰라. 사람 말고는 영혼이 없다는 건 정말 천천만만의 말씀이야. 동물도 식물도 꿈을 꾸지. 오히려 인간보다 더 근원적인 꿈을 잘 기억하고 있다네. 사물들도 마찬가지야. 당신 귀에 들리기를 바라는 내 얘기도 결국 근원적인 꿈과 그 꿈의 실재이겠지. 난 깨어진 유리 조각도 저 건물의 타일들도 가로등도 사과 궤짝도 꿈을 꾸는 걸 알아. 플라스틱들? 글쎄 공장에서 가공된 합성 화학물? 그들도 아주 미세한 틈새로 꿈을 꾼다고 믿어. 그래서 이 세상은 사물의 꿈으로 가득 차 있는 거지. 사람들은 몰라. 자기들 꿈만으로 이 세상을 만든다고 생각하지. 그런 착각을 깨는 사람들이 있긴 있어. 시인이나 그림쟁이, 예술가나 과학자는 아주 미세한 틈을 보는 작자들이지. 글쎄, 전부는 아니지만 말야. 어쨌거나 당신도 잘 알다시피, 애초 꿈꾸는 게 사람의 존재 방식이라고 하지만 검은 순이도 꿈을 꾸는 게 존재하는 방식이라네.

나 검은 순이는 어느 날 아침, 그 칠성 전당포 창가 아래서 낯선 깃털 하나를 문득 발견하고 소름이 돋았지. 전날 밤에 떠났던 그 새들이 실제였다는 것을 확신했어. 그건 비둘기나 갈매기 것하고는 달랐어. 수다스럽기 그지없는 그 녀석들 쫓느라 여러 번 몰아낸 적이 있거든. 가끔 까마귀와 까치, 비둘기도 오지만 선창이 가까워 그런지 갈매기가 많아. 난 녀석들과 늘 싸우는 쪽이지만 사실 그것도 귀찮아진 지 오래야. 이젠 물끄러미 바라볼 때가 많지. 어쨌든 그런 새들과 전혀 다른 깃털이었어. 어쨌건 전당포 안엔 날개들이 모여 있다고 믿게 되었지. 전혀 다른 새들이 많다는 것도 그렇게 배웠어.

아직도 잘 모르긴 해. 새들이 거기 살고 있었던 건지, 누군가 마법을 걸어 그곳에 있는 것들을 아름다운 새로 바꾸는지. 새를 마지막으로 본 것도 제법 세월이 되었으니까. 인간들에게 마법은 이제 만화 이야기일 뿐이지만 우린 아직도 마법을 믿지. 세상이 얼마나 아름다운 마법으로 가득한지 잘 모르지? 잘 모를 거야. 인간은 제가 잃어버린 게 뭔지 몰라. 계시와 신비와 경외는 다 잃었지. 기계에 길들여지면서. 지금은 그저 무언가를 사고팔고 축적하는 데 몰두하지. 그것이 인생인 줄 알아. 그러면서 마구 앞으로 달려 나가지. 거긴 아무것도 없는데 말야. 죽음 직전에 그 공허를 알고 두려워하지. 우린 죽음이 두렵지 않은데, 사람들은 결코 죽고 싶어 하질 않아. 이해할 수 없는 일이야. 죽음은 삶의 중요한 방식이지. 미래라는 것도 과거 속에 있는 것 아냐? 과거를 벗어나고 현재를 벗어나야 미래가 있는 줄 알지. 웃기는 거야. 미래가 과거를 만들어내는데 말야.

한번은 전당포 안에 들어가 본 적이 있어. 바다와 가까운 동네라 비린내 나는 물건들이 많을 것 같지만 의외로 엉뚱한 것들이 수북하더군. 밍크코트부터 플루트나 바이올린 같은 악기, 가짜 명품 시계와 반지, 도자기, 와인 같은 술병들…. 어디 것인지도 모를 장식품들이 널려 있더군. 두꺼운 책, 만년필이나 모자, 녹슨 훈장에서부터 요강까지 별별 물건이 모서리 모서리 빼곡했어. 반지나 악기 등은 잦은 생활고로 저당 잡힌 것임에 분명하지만 코트와 와인 등도 있는 걸 보면 밀수꾼이 슬쩍 저당 잡힌 것인지도 몰라. 이 영도라는 동네엔 원양어선을 타는 선원들이 많았으니 말야. 꼼꼼히 포장된 것도 있고, 아무렇게나 널린 것도 있더군.

난 거기서 '진열'이란 말의 의미를 알았어. 전표를 달고 있는 그 하염없는 슬픔을 보는 순간 나는 이미 인간을 다 이해한 것 같았어. 인간은 참 빠하지. 말했다시피 도대체 내가 몇 살인지 모를 만큼 늙었으니 말야. 그런데 전당포 안의 물건들은 그동안 바깥에서만 만나던 것들과는 전혀 다른 세계였어. 거기엔 모든 추억을 끌어안고 늙지 않은 채 주인을 만나려는 사물의 꿈들이 살고 있었지. 인간이 잊어버렸는지 잃어버렸는지 모르는 낡은 꿈들.

마치 골동품 가게 같았어. 어쩌면 박 씨는 골동품 가게를 열 생각이었을까. 별거 아닌 물건들도 걸려 있는 걸 보면. 어쩌다 마주친 표정을 보아선 그럴 생각이 없었던 것 같네만. 아비로부터 물려받긴 했지만 불편한 다리를 끌면서 그는 아주 사물의 꿈속으로 들어가 버렸는지도 모르지. 그래서일까. 전당포는 마치 죽은 자들이 건너간다는 레테의 강변에 차린 주점처럼 다가오더군. 사는 게 점점 궁색해지는 게 분명한데도 박 씨는 나름 그 전당포를 지키려고 했을 거야. 오래전 죽은 장군에게 충성하는 늙은 병사처럼 보일 때도 있었다니까. 때문에 나는 박 씨가 영혼을 아는 인간이라고 믿을 수밖에 없었지. 결국 떠나가긴 했지만. 그는 죽은 걸까. 안 돌아오는 건지, 못 돌아오는 건지. 그립다네. 정말이지 그곳은 영혼의 곳간 같았어.

사업에 실패한 사람들, 신용 불량자로 전락한 사람들이 무언가를 저당 잡히러 오지. 전당포 앞에서 머뭇거리는 얼굴을 보는 순간 서러움이 어떤 것인지 설핏 감지된다네. 아마 나 검은 순이가 훌쩍 이곳을 떠나지 못하는 이유가 그런 기진맥진한 슬픔 때문인지도 몰라. 영혼에게는 슬픔도 중요한 양식이거든. 사람도 아니면서 내가 사람인 줄 종종 착각하는 이유도 전락한 그림자들이 내게 던지는 파장 때문이 아닐까. 그럴 때마다 그들이 오래전부터 알아 온 자들이라는, 어떤 필연이 솟구치거든. 눈물 같은 거 말이네. 생각만 해도 가슴이 울컥해지는군.

무언가를 저당한다는 것은 삶을 잠시 접어 두는 거 아니겠나. 어떤 하나를 위해서 어떤 하나를 접어 두는 것. 그 정도는 웬만한 수행자들이 아는 것이지만 그것이 극적인 슬픔으로 넘치는 경우도 있지. 완전히 잃어버리는, 헤어져 버리는 경우 말이야. 하기야 결국은 다 잃어버려야 하는 게 삶이긴 하지만. 만년필도 있고, 악기 등도 다양한 걸로 보아 어쨌거나 예술가들이 자주 애용한 공간임은 분명하다고 생각했지. 만년필을 저당 잡힌 사람은 시인이 아닐까. 도스토옙스키라는 작가가 전당포를 드나들었다는 풍문에 의하면 말이네. 작가에 게 남아 있는 마지막 재산은 만년필일 거라고 믿는 게 우리네 순정이니. 절대적인 어떤 것들이 의미를 잃고 녹슬어 가는 것. 그건 우울한 것이지만 바로 일상이지. 온기를 놓쳐 버린 실존과 그 기다림을 보았지. 박 씨는 돌아올까.

삶을 견디기 힘들 만큼 남루해진 사람들, 당장 한 발 자국이 막막한 사람들은 전당포 문을 밀지. 나 검은 순 이처럼 전당포 주인처럼 그들 또한 세상에 태어난 그 순간부터 함부로 늙어 있었던 것 같은 표정이야. 난 그 들 표정을 통해 무겁다는 말을 이해해. 한 번도 무얼 매 거나 들어 본 적이 없어서 난 진짜 무게를 몰랐거든. 늙 은 전당포의 무심한 의자나 낡은 창살문도 벽화 속인 듯 흐린 눈동자로 바라볼 수밖에 없는 게 내 역할이었 으니 말일세. 허리 구부러진 노인도 있었고, 포대기에 아기를 업은 새댁이나 학생도 있었지. 세상에 지쳐 있 는, 고개 숙인 삶이었어. 미련도 그다지 없는 삶들이 지폐 몇 장 받아 들고 여는 미닫이문 소리를 들으며 난 늙어 온 셈이지. 애초부터 늙어 버린 채 태어난 그 무엇들. 슬픔도 피로함도 아닌 그 무엇이랄까…. 그냥 중력이라고 해 둘까.

한번은 육십은 되어 보이는 남자가 들어가더군. 아비 시계를 찾으러 왔던가 봐. 사십 년이나 지난 물건이었지. 십여 년 전 아비가 세상을 떠났는데, 초등학교 시절 아버지가 전당포에 시계 맡기는 걸 보았대. 결국 타향에서 아비는 세상을 떠났고, 자신도 늘 바빠 잊고 있었다는 거지. 얼마 전 아비 제사를 지내면서, 그 시계가 문득 떠올랐고, 찾아야겠다 싶어 마음먹고 서울에서 내려온 거였어. 하급 선원이었던 아비가 원양어선을 타고 나갔다가 먼 데서 사 온 시계였다는데, 그 세월에 거기 있을 턱이 있나. 어쨌거나 한참 장부를 뒤적이다가 그냥 돌아섰지. 남자는 그 유품을 찾아 서울에서 두 번이나 괜한 걸음을 하더군. 끝까지 보관하겠다고 주인이 약속했다나 어쨌다나. 처음부터 난 그건 분명 새가 되어 날아갔으리라 예상했지. 물론 그들은 그걸 알 턱이 없고. 하지만 낙담해 돌아가는 그 남자의 등 뒤에 푸드덕거리며 내려앉는 한 마리 새를 나는 분명히 보았지.

몇 번째 말하지만 사물의 영혼은 그런 거라니까. 사물들은 주인 잃은 날개들이야. 주인을 기다리는 날개들. 가끔 깃털을 터는 그 망연함, 숨죽인 기다림은 자꾸 늪처럼 깊어져 갔을 게야. 그러다 실제로 흰 날개를 털며 창문으로 날아오르는 거지. 아마 물건 주인에게 어떤 변화가 생기면 사물의 영혼은 밤하늘로 떠오를 수밖에 없는 어떤 필연적 흐름의 기운이 있지 않을까. 말했잖나, 나 검은 순이는 신비주의자라고. 아마도 어떤 견디지 못할 슬픔 중 하나가 날개가 되어 날아오를 거라고 추측하지만 그 까닭까지야 세세히 알 수가 있겠나. 존재한다는 건 그 안에 숨은 날개를 지니고 있다는 걸 의미하지. 예전에 어렴풋 알던 걸 칠성 전당포 옆을 오가면서 분명하게 배운 거야.

그러다 정말 이상하게 생긴 새 한 마리를 만났어. 도무지 새 같지 않은 새였어. 알록달록한 무늬가 날갯죽지에 남아 있는 새였지. 자신은 한국 전쟁 때의 훈장이라 하더군. 훈장을 받은 사람은 젊은 병사였는데, 폭탄을 몸으로 막아 동료들을 구했다나 그렇다더군. 가슴에 한번 달아 보지도 못하고 관 위에만 잠시 놓이고 만 거야. 그 어미가 쓰다듬고 쓰다듬고 하면서 아꼈는데, 어미가 죽은 후 아무렇게나 처박혔지. 어찌어찌 세월이 지나면서 녹슬 대로 녹슬어 전당포까지 굴러들어 왔는데, 그래도 꽤 그럴싸하게 보였어. 훈장이란 게 원래 좀 있어 보이는 거잖아. 한데 자신이 주인의 영혼을 찾았다면서 날아가더군. 분명히 보았다니까. 보통은 나 같은 늙은 고양인 무시하고 그냥 날아가는데, 그 새는 내가 사물의 혼을 읽는 걸 알아챘는지 눈앞에 잠시 앉았다 간 거야.

한번은 내 앞에 포로롱 내려앉는 새가 있었어. 졸던 중이라 난 깜짝 놀랐어. 나를 잘 아는 것처럼 날개를 털며 주변을 날다가 갔어. 길쭉한 꼬리를 가진 꼴이 꼭 만년필이 변한 것 같았어. 내가 수행승이라 생각했을까. 그제야 내가 그 컴컴한 전당포 창고를 영혼의 곳간이라고 믿고 있는 까닭도 알게 되었어. 아마 나 검은 순이도 우주 공간, 어느 영혼의 곳간에서 날아온 한 마리 새인지도 몰라. 이 지구라는 별에 도착한. 어쩌면 지구 곳곳에 은하계 곳곳에 영혼의 곳간들이 있는데, 어느 시점에 서로 오가면서 날아다니는 건지 몰라. 그걸 우린 인연이라고 부르기도 하고 자연이라고 부르기도 하고. 어쨌든 그것도 하나의 질서지. 그렇게 오갈 수밖에 없는 건 영혼이란 사랑의 기억을 통해 진화하기 때문이지. 우린 모두 사랑을 찾아다니는 게 아닐까. 사랑을 발견하는 건 항상 사랑을 잃어버리는 순간이지. 새벽잠이 없어진 늙은 고양이는 별생각을 다 하는 법이니 이해하게나.

이젠 전당포가 하나씩 없어지고 있는 것도 난 알지. 시대가 바뀌었지. 칠성 전당포 주변에 비슷한 꼴을 한 전당포 몇이 있었던 것도 기억나. 어느 날 하나둘씩 사라지고 말았지. 요 앞 큰길가에 있던 합동 전당포도 가끔 놀던 곳이야. 아직 간판이 매달려 있긴 하지만 작년에 문 닫았지. 바로 옆에 네일 아트 가게가 생기더군. 신용카드인가 뭔가가 나오고부터 전당포들은 하나씩 무너졌지. 요즘엔 신용 사회로 전환되면서 카드 대출이 대세라더군. 내가 보기엔 점점 불신 사회가 되는 것 같더만. 내가 볼 땐 그건 아니야. 평등하지 않아. 그건 폭리를 취하는 신종 고리대금업일 뿐이지. 무엇보다 거긴 사물의 꿈이 없지 않나. 사물의 영혼을 믿지 않으면서 생겨난 풍속도이지.

카드에는 사물의 혼이 없어. 그래서 어떤 감성이 작동을 못 해. 애지중지한 물건을 잠시 맡기며 돈을 빌릴 때 그 영혼에서 감지되는 것들이 얼마나 많은지 아나. 무엇 하나 저당할 것이 없어진 사람들은 제 그림자를 끊어서 저당하기도 하는데, 그러니 자꾸 몸의 길이가 줄어들지. 그들을 보면 나도 같이 서러웠는데, 그때 일어나는 영혼의 무지개가 있어. 그때의 절망과 설움과 절절한 약속들, 사물이지만 거기선 아름다운 파장들이 일어나지. 중요한 건 파장들이야. 우리가 관계를 통해 만들어내는 파문. 그 파장은 과거와 미래까지 닿아 있는 특별한 그물이거든. 카드는 그저 소비일 뿐이지.

우리 모두는 전설이지. 산다는 건 모두 전설이 되는 과정이야. 여기서 칠성 전당포나 합동 전당포의 전설을 읽어낸다면 '전설 따라 삼천 리'가 아니라, 아마 '전설 속의 삼억 년'쯤 되지 않을까. 사물은 에너지의 미립자들이면서 동시에 무수한 정보의 미립자들이야. 사물들은 모든 것, 지구의 역사 위에 있었던 물과 바람과 흙과 불의 세계를 이해하고 있어. 인간의 DNA처럼 사물도 DNA를 가지고 있다고 할까. 하지만 인간은 사물에 비하면 그 비밀을 감지해내는 직관과 영혼을 잃어버린 셈이야. 하기야 늙은 길고양이가 많이도 돌아다니지만 이런 이야기를 하는 놈은 드물지. 대부분은 모든 걸 귀

찮아하지. 인간처럼. 생선 뼈를 바르는 데만 몰입할 뿐
이야. 전설은 전설을 사랑하는 자에게만 전설을 선물하
지. 내가 당신들에게 이런 얘길 하고 싶어 하는 것 자체
가 이제쯤 새가 되고 싶어진 까닭인지도 몰라.

　나 검은 순이가 뭘 쭝얼거렸는지 모르겠구먼. 아마
사물의 꿈을 말하고자 한 것 같은데 들렸는지 몰라. 어
쨌거나 고맙구먼. 모든 게 달빛 때문이네. 이런 말 우스
운 거 아니겠나. 칠성 전당포, 그 날개들의 집은 문을 닫
은 지 오래지만 달빛이 좋을 때마다 마치 사물들이 살
아나는 것처럼 머릿속 환해지네. 아마도 사물의 꿈이
계속 이어지고 있으니, 검은 순이의 애잔한 철학도 이
어지고 있는 게 아니겠나.

　사는 건 전부 그럴듯한 법이라네. 모두들 속으면서
도 부지런히 제 사는 법에 충실할 수밖에 없는 이유이
지. 모두들 보고 싶네. 눈물이 나는군. 모든 날개들은 결
국 눈물 자국을 말하는 겐가. 눈물. 이것도 신의 특별한
선물이지. 사실 떠나간 새들, 그 사물의 영혼들만큼 이
검은 순이를 잘 아는 자들이 어디 있겠나. 난 참 특별한
고양이였던 셈이야. 달이 한참 기울었군. 곧 동이 틀 거
야. 아, 슬리퍼 끄는 소리…. 벌써 누군가 오는군. 알 만

하네, 두 사람인 거 같아. 웬일이지? 또 보세나.

"이리 와 봐. 새까만 게 아주 귀여워. 안 자나⋯. 얼마 전부터 여기서 살기 시작한 새끼 고양이야."

"에고, 귀여워라. 태어난 지 한 달이나 됐을까. 춥겠다."

"그저께 내가 무릎 담요 갖다 놓았지."

"요렇게 조그만 게 혼자라니⋯. 어미도 없이 어디서 왔을까."

"아직 너무 어려. 새벽 장사 나가면서 우유를 부어 놓곤 해."

"얘도 먼 시간을 건너 돌아온 손님일 거야. 얼마나 먼 우주를 돌아왔을까."

"우리만큼, 어쩌면 우리보다 더 먼 데서⋯. 살아 있는 건 그래서 다 전설이잖아."

찐빵과 나팔꽃 씨앗

고독과 기다림과 그리움은 매우 닮았습니다

당신과 나와 나팔꽃 씨앗도 그렇습니다

솥뚜껑을 열자 뭉클, 뽀얀 솜구름이 일어납니다. 지나던 겨울바람의 얼굴이 순간 화끈해집니다. 달이는 몽실몽실한 김 사이로 마치 꽃을 따듯 찐빵들을 꺼냅니다. 소복이 담기는 희고 보드라운 찐빵들이 갓 핀 국화송이 같습니다. 종종걸음 치던 사람들 눈빛이 잠시 환해집니다.

열다섯 살 때부터 빚어 온 찐빵입니다. 키도 작고 다리를 저는 달이는 무릎뼈가 여물 무렵 찐빵집에서 잔

심부름을 시작했습니다. 그러다 찐빵 만드는 것을 배우고, 찐빵집 주인이 되었습니다. 이제 예순이 넘었으니 오십 년을 밀가루 손으로 살아온 것입니다. 하얀 밀가루를 쏟아 놓는 순간 늘 어떤 환희가 이는 걸 보면 이것도 업은 업인 모양입니다.

이 가게는 두 평 남짓한 옴팡집입니다. 오른쪽은 꽃집이고, 왼쪽은 베이커리입니다. 그 가운데서 찐빵집은 그릇 선반에 잘못 놓인 녹슨 깡통처럼 보입니다. 양쪽 가게는 주인이 바뀔 때마다 자꾸 꼴이 다듬어지고, 달이 가게는 매양 찐빵만 찌다 보니 간판도 없이 그렇게 혼자 퇴색한 몰골입니다. 하지만 일부러 먼 데서 사러 오는 사람도 많을 만큼 맛으로 유명합니다. 화려한 생크림케이크와 향기로운 꽃 더미 사이에서 찐빵 솥은 이제 동네 명물이 되었답니다.

이곳은 역 앞이라 아침저녁 아랑곳없이 바쁩니다. 그저 쉼 없이 몸을 놀려야 합니다. 하루에 쪄내는 찐빵이 천 개가 넘습니다. 더 많이 만든 적도 있습니다. 찐빵 솥 옆에서 허리가 굽긴 했지만 그래도 사람들 먹이는 일이니, 참 고마운 노릇입니다. 역 근처라 그런지 그냥 먹여 보낸 이들도 수두룩합니다. 밤마다 밀가루 반죽을 숙성시키고 진한 팥앙금을 만들고 낮엔 종일 찐빵을 빚고 쪄내는 일상. 그것이 달이의 하루이며, 생애 전부이며, 또 미래입니다. 그런 달이에게 살아 있는 일은 아무리 복잡해도 밀가루 반죽 한 덩이 같습니다. 어떤 딱딱한 고통이나, 절름발이라는 숙명도 달이 손끝에서는 하얀 찐빵으로 보송보송해지고 맙니다.

가게 앞은 대로변인 데다 신호등이 있어 서로 비집고 드는 버스와 택시, 사람들로 언제나 붐비고 시끄럽습니다. 하지만 뒤로 붙은 쪽문은 골목을 향해 있습니다. 골목을 끼고 몇몇 쪽방과 여인숙이 지친 모습으로 엉겨 있습니다. 성한 데 없이 쭈그러들고 허기진 동네 같지만 달이 가게랑 가장 잘 어울리는 동네입니다. 쓰레기가 쌓이고 발걸음도 드문, 한낮에도 적막하고 그늘진 골목입니다. 그래도 봄 여름 가을 겨울이 지나가며 풍경을 바꿉니다. 가게 문짝 옆에도 봄에는 민들레가 피고 늦가을 얼마 전까지 노란 은행 단풍이 소복하곤 했습니다.

며칠 전 내린 눈은 문짝 옆에 아직 희끗합니다. 달이는 잠깐 마음이 헐렁해진 틈을 타서 뒷문을 열었습니다. 멍순이가 와 있습니다. 멍순이는 양같이 생긴 개입니다. 버려진 녀석인데 하얗고 털이 긴 데다 뚱뚱하고 어기적거리는 게 도무지 개 같지가 않습니다. 꼴이 하도 우스워서 주변에 물어보니 아파트에서 키우느라 성대를 잘랐는데 호르몬 이상으로 저렇게 변했을 거라는 겁니다. 짖지도 못하고 쉰 소리만 내는 녀석이 찐빵 솥 옆에서 밤을 지샌 건 지난가을부터입니다. 이곳을 아주 제집으로 삼은 듯합니다.

똑똑이는 아직 안 보입니다. 똑똑이는 야생 고양이입니다. 어디서 잘렸는지 꼬리를 잃어버려 그도 고양이치곤 영 폼이 나지 않습니다. 녀석도 달이 찐빵을 좋아하는데 보기엔 신경질적이어도 참 순한 놈입니다. 멍순이를 개로 생각하지 않는지, 함께 있는 걸 낯설어하지 않습니다. 이젠 식구들 같아 달이는 틈틈이 뒷문께를 내다보곤 합니다. 바쁘다가도 녀석들이 보이면 마음이 저절로 푸짐해지고, 보이지 않으면 괜히 허전해지는 달이입니다.

순호도 보이지 않습니다. 순호는 며칠 전 새로 사귄 친구입니다. 아홉 살 난 순호는 지난가을에 엄마를 잃고 골목 건너에 있는 둥지 여인숙에 살러 왔다고 합니

다. 졸지에 혼자가 되어 흘러온 야윈 모습이 물살에 떠
내려온 나뭇가지처럼 안쓰럽습니다. 나흘 전 가게 근처
에서 오래 얼쩡거리는 순호를 달이가 불렀습니다. 맑은
눈빛에 끌려 찐빵 하나 주고 싶어서였습니다. 멈칫대다
받아먹던 아이는 그후로 마치 갈 데 없는 바람처럼 찐
빵집으로 매일 불어왔습니다. 어쩐 사연인가 궁금해하
는 달이에게, 설거지하던 아줌마가 귀띔해 주었습니다.
둥지 여인숙에 온 먼 친척애라고. 오죽하면 이 누추한
골목으로 보내졌을까. 찡한 마음에 달이는 친한 체를
하며, 멍순이와 똑똑이를 소개해 주었습니다.

어제는 쓰레기통 옆에서 나란히 겨울 햇살을 쬐고
있는 세 녀석을 보고 신통하다는 생각이 들었습니다.
외로운 존재끼리 금방 친구가 되나 봅니다. 그 풍경이
자꾸 마음 쓰여 달이는 오늘따라 뒷문을 자주 열어 봅
니다. 겨울엔 비닐까지 쳐서 꼭 닫아야 하는 문짝입니
다. 종일 온기를 찾아 떠돌다가도 저녁나절이면 뒷문께
로 찾아드는 그들이 달이는 그저 가엾고, 또 고맙기도
합니다. 외로운 건 달이도 비슷합니다.

아들도 셋이나 되고 손주도 다섯이나 되지만 일 년
에 한 번 볼까 말까 한 얼굴들입니다. 첫째네는 아주 이

민을 가 버렸고, 남은 자식들도 못 오는 이유가 많습니다. 명절날조차 너무 바쁘거나, 스키 타러 가거나 해외 여행을 나선다고 합니다. 가끔 손을 돕는 김 씨, 수다쟁이 박 씨 아줌마, 안면이 트인 단골들, 괜히 아는 체 너스레 떨며 들락거리는 몇몇 노숙자들이 그나마 식구처럼 여겨집니다.

겨울 해는 네 시만 되어도 식기 시작해 일찍부터 쓸쓸합니다. 다시 문을 열어 봅니다. 그새 순호가 와 있습니다. 아이구, 우리 새 동무 왔구먼. 똑똑이는 아직 안 왔어요. 춥지. 어서 와라, 들어와.

빈 구석 자리로 달이는 순호를 불러들입니다. 유난히 물기가 많은 아이 눈동자에 반짝, 별빛이 담깁니다. 순호는 들어가기 전에 멍순이 머리를 만져 줍니다. 멍순이 얼굴에 따라 들어가고 싶은 마음이 가득합니다. 그러나 지금은 안에 제가 들어앉을 자리가 없다는 걸 아는 영리한 멍순이입니다. 아주 밤늦게, 찐빵 솥을 안에 들여놓을 무렵이어야 하며, 그리고 똑똑이를 기다려야 한다는 걸 잘 알고 있음이 분명합니다.

달이는 잠시 순호 손을 잡아 줍니다. 차가운 손이 한

마리 메추라기처럼 밀가루 묻은 손안에서 파닥입니다. 체온을 나누는 동안 온 세상에 잔잔한 물결이 일렁입니다. 살아 있다는 건 이렇게 손잡는 순간, 사랑이 넉넉해지는 순간일 것입니다. 이내 김이 모락한 찐빵 세 개가 순호 앞에 놓입니다. 언제나 그랬듯 달이 사랑은 찐빵으로만 표현됩니다. 찐빵이 데워 줄 사랑과 삶이 노인에겐 늘 기적처럼 여겨집니다.

따끈한 보리차도 따르는 달이를 바라보다 순호는 주머니를 뒤적이기 시작합니다. 머뭇머뭇 하얀 종이를 꺼내 달이 앞에 내밉니다. 흰 봉투를 두세 번 접은 것입니다. 부끄러운 듯 약간 맹한 웃음이 입가에 흔들립니다.

이거… 할무이. 인석아. 이런 것 가져오면 안 돼. 돈인가 싶어 달이가 나무라는 표정을 짓습니다. 돈, 아닌데…. 손에 받아 든 봉투의 감촉이 이상합니다. 노인이 구겨진 봉투를 펴서 털어 보니 그건 새까만 잘 여문 나팔꽃 씨앗이었습니다. 엄마랑 받아 놓은 건데, 똑같이 나누어 덜어 온 건데.

봄은 한참 멀었는데, 어린 목소리가 봄 아지랑이같이 아물거립니다. 쪼그려 앉아 엄마의 유품인 나팔꽃 씨앗을 나누고 있는 조심스런 손짓이 달이의 동공에 떠오릅니다. 아마도 세상에서 가장 진지했을 몸짓. 그 눈부신 우정에 코가 매워집니다. 순호의 눈빛 같은 까만 꽃씨 속에서 연보랏빛 맑은 나팔 소리가 울려 나옵니다. 씩씩하고 따뜻합니다. 갑자기 하늘이 더 넓어집니다. 바람은 비닐이 덧대진 쪽문을 힘차게 흔들며 지나 갑니다.

물고기가 된 집

우리는 모두 한때 한 채의 집이었습니다

당신은 서까래였고 나는 툇마루였고 그는 쪽창이었습니다

불이 꺼지고 문이 닫혔습니다. 침묵과 어둠으로 된 잔잔한 물결이 밀려오기 시작하네요. 머나먼 우주에서 몇억 광년 흘러 도착하는 밤의 물결들입니다. 무한한 파장들이 환하게 창가로도 새어 들어오고 바닥에서도 솟구치고 천장에서도 달빛 가루처럼 쏟아집니다. 이내 백년어서원은 청정한 고요로 그득해지네요.

내 지느러미가 반짝이기 시작하는 걸 느낍니다. 다른 친구들이 파닥이는 진동도 전해져 옵니다. 여기저기서 청정한 물거품이 일어납니다. 찰박이는 소리도 들립니다. 곁에 있는 '연(緣)'이 소근소근 그 고요에 파문을 만듭니다. 안녕. 내가 살던 강원도 고성이 기억나. 소나무 숲에 차오르던 깊숙한 달빛도 기억나. ·····. 나도 고향을 말하려다 그냥 묵묵하고 맙니다. 고향을 말할 땐 언제나 그리움으로 먼저 가슴이 먹먹해지지요.

백년어서원의 밤을 지키는 우리는 모두 백 마리 나무 물고기입니다. 우린 원래 한 채 산골 집이었어요. 각각 다른 숲, 다른 골짜기에서 왔지만, 충청도 산골 시골집 한 채로 한 몸을 이루고 살았지요. 대들보로, 기둥으로, 서까래로 그리고 툇마루로. 백 년 가까운, 이끼가 많은 옴팡 집이었습니다. 집주인 내외는 흰민들레 같은 사람들이었죠. 아들 다섯과 딸 하나, 육 남매를 길러내었는데, 하나씩 도시로 나가더군요. 자식들은 종종 들렀지만 점점 그 횟수가 줄어들더니, 나중엔 영 보기가 어렵더군요. 두 늙은이만 서로를 의지하며 우리들을 지켰습니다. 아니 우리가 두 노인을 지켰다고나 할까요.

그러다 차례로 두 노인은 세상을 떠나고 말았지요. 할아버지가 먼저 세상을 떠나자, 할머니는 한 해를 더 넘기지 못했어요. 그래도 할머니는 돌아가시기 전까지

장독대를 물걸레질도 하고, 할아버지가 심어 놓은 대추나무 세 그루를 아끼며 자식들을 기다렸지요. 할머니가 자리에 눕자 마을에서 이 사람 저 사람이 돌보았는데, 그래도 어찌 연락이 닿았는지 막내딸이 허겁지겁 도착했고, 할머니는 마음 놓고 숨을 거두었답니다. 마을 사람들도 가슴을 쓸어내렸지요. 할머니의 기다림을 아니까요.

처음 집을 지을 적에 할아버지의 할아버지가 여기저기서 목재를 구해 왔지만, 나는 뒷산에서 자란 참죽나무였습니다. 몇십 년 그 동네를 내려다보고 살았는데, 어느 날 할아버지의 할아버지가 나에게 술 한잔을 건네며 부탁하기에, 흔쾌히 모퉁이의 한 기둥이 되기로 했답니다. 기와를 몇 장 얹은, 정말 작았지만 얼마나 정성스러운 집이었는지 나 자신이 자랑스러웠지요. 할아버지의 할머니가 매일 반들반들하게 걸레질해 주었지요. 거기서 할아버지의 아버지가 태어나고, 또 할아버지가 태어나고, 그리고 육 남매가 태어나고. 삶을 꾸리고 사랑하고 울고 웃고. 그리고 떠나고 기다리고.

난 왼쪽 기둥이었는데, 기다림을 가장 많이 지켜본 쪽입니다. 모두들 내게 기대어 누군가를 기다렸지요.

워낙 깊은 산골이라 장을 나가도 하루 종일이었지요. 난 장날마다 할아버지의 할아버지, 할아버지의 아버지, 할아버지, 그리고 할아버지의 아들을 기다렸지요. 할아버지의 할머니도, 할머니의 어머니, 할머니의 딸도 기다렸지요.

그러다 보니 우주를 채우고 있는 것 중 가장 위대한 것, 가장 깊은 것, 가장 슬픈 것, 가장 행복한 것이 기다림인 줄 우린 배울 수 있었어요. 기다림이 기도라는 것두요. 육 남매가 차례차례 떠나자, 두 늙은이에게 남은 건 가없는 기다림이었지요. 아무도 오지 않았지만 기다리는 것, 그 자체가 존재였습니다.

어쨌든 두 노인이 가시고도 우린 몇 해를 그대로 늙어 갔습니다. 아무도 살지 않았지만 바람도 햇살도 넉넉히 다녀갔지요. 인기척이 없었지만 봄 여름 가을 겨울이 차례로 살다 갔지요. 구렁이는 돌담에 머물고 있었고, 작은 산짐승들도 들락거렸어요. 해마다 살구꽃이 눈부셨고, 가을이면 붉은 대추들이 쏟아지곤 했어요. 여름엔 깊은 산속처럼 마당에 풀들이 우거졌지요.

쑥부쟁이가 한창일 무렵이었던가, 한번은 막내딸이 잠시 들른 적 있어요. 옴폭 가라앉으려는 듯 폐가가 되어 버린 집을 망연히 바라보더니, 그냥 떠났어요. 다른 형제들은 전혀 나타나지 않는 걸 보면 도시의 삶이 그다지 녹록지 않았던 모양입니다. 그래도 우리는 그 육 남매의 깔깔거리는 웃음을 늘 기억하고 있었지요. 맏이는 이미 세상을 떠났다 하고, 둘째와 셋째는 어디 먼 외국에 살고 있다 하고, 넷째는 어디 있는지 연락이 잘 안 닿는다 하고, 다섯째는 부자가 되었는데 너무 바쁘다는 말을 들은 적 있어요. 하기야 그것도 두 노인이 한참 살아 있을 때 소문이었지만 말입니다.

어쨌거나 그렇게 동네에서도 피해 다니던 폐가는 어느 날 불현듯 헐리게 되었어요. 사정을 잘 모르지만, 어쨌든 헐기로 한 모양입니다. 불과 두어 시간 만에 집은 작은 풀섶처럼 쏠리고, 우리는 모퉁이 모퉁이 깃들어 살던 뱀들과 쥐들이 와르르 떠나는 모습을 지켜보았지요. 몇몇 큰 목재들은 차량이 와서 싣고 가 버렸어요. 쪼개진 우리 토막들은 아주 슬픈 마음이 되었어요. 폭풍 뒤 해안에 흩어진 조가비 같았지요. 동물 친구들마저 떠나 버렸기 때문에 잊혔다는 생각에 우린 쓸쓸해졌어요. 밤엔 잠들지 못해 밤별들만 자꾸 끌어 내렸지요.

다음 날 소박하게 생긴 여자가 와서 잊히고 버려진 토막나무들을 주워 자루에 담았지요. 별이라는 옆집 사람이었어요. 하나하나 정성스레 쓰다듬어 주는 그 손길에 우린 다시 조금씩 설렜어요. 이웃집 부엌 한쪽에 차곡차곡 쌓이고 나니, 잘 팬 장작이 아니었지만 우린 다시 태어난 느낌으로 뿌듯했어요. 아궁이에 하나씩 태워지기 시작했죠. 아주 흔쾌한 일이었어요. 고향으로, 원래 태어난 숲으로 돌아가는 방법이기도 하니까요. 재로 태어나면 바람을 타고 어디든 갈 수 있지요. 친구들은 환하게 맑은 숯불로 빛나며 떠났어요.

별이는 아궁이에 넣을 때마다 장작들에게 인사를 했지요. 잘 가. 살아 있느라 수고했어. 그러면서 우린 서로 물음이 생겼어요. 어디서 무엇이 되어 만날까. 궁금했지만 그건 문득 떠오른 안부 같은 것일 뿐 어떻게 만나는지 어떤 방식인지 상관이 없었어요. 다만 그때 우리가 서로의 결을 알아볼 수만 있으면 좋은 것이고요. 설사 못 알아보더라도 서운하지 않지요. 하얀 재가 되어 먼 허공으로 흩어지는 것을 늘 꿈꾸어 왔으니까요.

별이는 늘 꽃불이 되어 타오르는 친구들을 오래 응시하곤 했는데요. 우리끼리 하는 이야기를 알아듣는 듯도 했어요. 내 옆의 땔감을 아궁이에 던져 넣고 불을 때던 별이는 어느 날 문득 나를 손질하고 다듬기 시작했어요. 이틀 후 나는 물고기 한 마리로 태어났어요. 신기했어요. 수목으로 시골집으로 한자리에 서 있는 수직이 나였는데, 지느러미를 내 등에 새기는 순간, 나는 아득한 수평선을 향해 헤엄치는 어떤 자유를 화악 느꼈지요. 마치 흰 날개를 단 듯 잔잔하면서도 무수한 바람을 일으키는 포말이 온몸으로 밀려왔거든요.

틈틈이 별이는 아궁이 앞에서 물고기를 깎았지요. 아궁이 앞에서 하나는 던져 놓고 하나는 찬찬히 매만졌지요. 그녀는 이름 없는 예술가였어요. 손이 살아 있는 사람이었고, 우리는 그 손에서 다시 태어났어요. 별이의 손안에서 어떤 토막은 꽃불이 되어 떠나고, 어떤 토막은 물고기로 깨어났지요. 생명이란 순환인 줄 체득하고 있었으므로 우린 서로서로 손 흔들어 주고 그저 유쾌했어요. 하얀 재는 텃밭으로 숲으로 매일 날라졌고, 다양한 모습으로 태어난 물고기들은 낡은 상자 속에 쌓이기 시작했지요. 매일 별이가 손으로 쓰다듬어 주었기 때문에 우린 늘 반짝였고, 정말 매일 자라는 느낌이었어요. 그러다 어느 날, 별이는 우리에게 이름을 불러 주기 시작했고, 등에다 그 이름을 새겨 넣어 주었어요. 어디서든 누구든 알아볼 수 있도록요.

내 이름은 '우(愚)'였어요. '어리석음'이라는 뜻이지요. 난 정말 좋았어요. 어리석지 않으면 지혜롭기는 정말 어렵지 않나요. 내 짝지는 '연(緣)'이라는 이름을 얻었고요. 그 외에도 정(靜), 소(小), 단(斷), 지(知), 여(如), 역(力), 동(動), 은(隱), 진(眞), 광(光), 산(山), 무(撫), 기(氣) 등 친구들이 모두 이름을 얻었지요. 이름이 우리의 본질이 아니지만 그런 이름을 가진다는 것은 정말 신나는 일이었지요. 우리는 낡은 상자 속에서 서로 이름을 불러 가며 놀았지요. 분명 그때 그 파동들이 대양을 건너, 하늘을 건너 무수한 별들을 빛나게 했을 거예요. 너는 툇마루였고, 너는 문지방이었고, 너는 서까래였고, 우린 서로 알아보며 한 채의 아름다운 집을 기억했어요.

하루는 별이가 우리를 하나하나 포장해서 튼튼한 박스에 넣기 시작했어요. 그제야 우리 모두는 백 개의 아름다운 이름을 가진, 백 마리임을 알았지요. 잘 꾸려진 후, 자전거에 실린 것이 연산이라는 산골에서의 마지막 기억이에요. 그리고 버스를 타고, 기차를 타고, 다시 어딘가에 실리고 하면서 이동했지요. 어둠 속에서

빛이 울창하던 숲도 꿈꾸고, 산골집에 밴 낙엽 냄새도 떠올렸지요. 하얀 재로 떠난 친구들이 그립기도 했어요.

며칠 만에 우리는 낯선 도시에 도착했어요. 택배로 도착한 곳은 백년어서원이라는 작은 북카페였어요. 그곳이 부산이라는 걸 안 것은 사람들이 오가며 하는 얘기를 들으면서였어요. 멀리서 갯내가 번져 왔지요. 충청도와는 사뭇 다른 말투에 우리가 정말 머나먼 항구까지 왔음을 알았죠. 별이가 늘 수직으로 한자리에 머물던 우리에게 왜 지느러미를 만들어 주었는지 이해되는 순간이었어요. 우리들은 파도가 되었던 거지요. 울림과 떨림이 있는.

책 냄새는 원래 우리 냄새였으므로 그 도착이 전혀 낯설지 않았어요. 우리 나무 물고기들은 백년어서원 천장에서 펄럭이며 매일 꿈을 꾸어요. 아름다운 산골과 산골집을요. 집은 곧 기다림이었지요. 집은 사랑하는 사람을 기다리는 곳이라는 걸 그렇게 배웠지요. 기다림 자체가 집이고, 집 자체가 기다림이라는 것.

창밖은 차 소리, 기계 소리, 고함과 온갖 소음들로 들끓지만, 이곳은 참 고요한 곳입니다. 이 카페의 사람들은 공부하는 것을 좋아합니다. 그들의 소소한 문장 속에서 우린 여기서 늘 어딘가로 비행하는 느낌입니다. 지느러미가 빛을 가르며 흘러가지요. 밤이 되고 고요해지면 이 골목은 정말 산사보다 더 적막해집니다.

어쩌면 이 밤이 우리가 존재하는 이유인지도 모르겠습니다. 우리는 밤마다 백년어서원을 기적들로 가득 채웁니다. 다음 날 사람들이 충분히 길어 갈 수 있도록, 우물처럼 출렁거리도록 머나먼 우주의 안부와 사람들의 숨은 기도를 길어 오는 것이지요. 우리 백 마리가 자기 이름을 가지고 꾸는 꿈들은 그 자체로 무한한 진동입니다.

창가에 새벽빛이 들어오면, 그때부터 우린 기다림을 시작합니다. 누군가 저 문을 열기를. 또한 추운 사람들에게 커피 향기와 대추차 냄새가 번져 가기를. 그리고 사람들 음성 사이로 책장 넘기는 소리, 책상과 의자를 끄는 소리까지도요. 그 파동 속에서 우린 우리가 얼마나 사랑받는지를 느낍니다. 얼마나 아름다운 화음을 만들 수 있을까요. 우리의 영혼도 지느러미도 한참 자라는 중입니다. 자주 별이가 보고 싶답니다.

책의 연대기

겨드랑이에 오래 감춰 둔 날개를 꺼냅니다

아무리 누추해도 정신은 산화되지 않습니다

　　방문을 여는 순간, 거의 찰나적으로 동이는 책꽂이 한 칸이 텅 빈 걸 감지했다. 방문 쪽에서 보면 마주 보는 방향이 아니라, 여는 방향으로 왼쪽 모퉁이에 있는 책꽂이여서 문을 열면서 보일 장소는 아니었다. 한데 이상하게 문을 열면서 마치 누가 부른 듯 눈이 그쪽을 향했던 것이다. 전등 스위치도 올리기 전이었다. 제법 거리가 있는데도 골목 어귀 가로등 불빛이 기어들어 방 안은 어슴푸레했다. 급히 스위치를 올렸다. 오른발이

방문턱에 걸려 나동그라질 뻔했다.

헉! 이럴 수가! 믿을 수가 없었다. 책들이 사라지다
니. 여섯 칸 선반에서 가운데 두 칸이 깨끗하게 비어 있
었다. 재크의 콩나무 같은 하늘 계단을 오르면서 유난
히 다리가 떨리던 까닭이 그래서였던가. 보이지 않는
어떤 출렁임을 예감한 듯 오늘 따라 자꾸 계단을 헛디
디며 후들거리던 오른발이었다. 일곱 평 남짓한 단칸방
모서리에 서 있는, 싸구려이긴 하지만 동이에겐 존재를
떠받치는 우주목 같은 책꽂이였다. 비키니 옷장 하나와
플라스틱 서랍장, 앉은뱅이책상 겸용 밥상 하나 빼면
가구라고는 그거 하나뿐이기도 했지만, 거기 제법 빽빽
이 꽂힌 책들은 동이가 밥값을 아껴 모은 책들이기 때
문이었다.

도둑이다! 집에 도둑이 들다니. 책을 훔쳐 갔구나. 훔
쳐 갈 게 없으니. 한순간에 상황이 파악되면서 발밑이
푹 꺼지는 느낌이었다. 하긴 오래전부터 들추지 않고
그냥 꽂혀 있기만 했던 것들이었다. 그래도 세로로 놓
인 그 제목들을 매일 눈으로 지나치며 자신의 심장이
거기 보관되어 있기라도 하듯 확인하지 않았던가. 이미
열 시가 넘었으니 책을 찾겠답시고 뛰쳐나갈 수도 없는

상황이었다.

산복도로 굽이의 위태한 자락에 겨우 움츠린 동이의 방은 그나마 절뚝 생활로 마련한 공간이었고, 애써서 방을 장만하려고 끙끙거린 건 잠자리도 잠자리였지만 책꽂이를 넣을 만한 방이 필요해서였다. 궁색하기 짝이 없는 방이지만 큰 키로 서 있는 책꽂이와 칸칸이 꽂힌 책들은 동이의 일상을 제법 그럴듯하게 세워 주고 있었다. 허기를 달래기에 충분했고, 총총한 제목들은 동이를 존재하게 하는 이유처럼, 선언처럼 당당했다.

그런데 그 중 두 칸이 깨끗하게 사라진 것이다. 몇 권일까. 아마 사십 권은 될 것이다. 쪽문을 밀면 이내 연탄 부엌이고 그 옆으로 방문이 바짝 붙어 있었다. 살림이라고 별거 없지만 그래도 옷가지 등 그 안에 뭉쳐 놓은 것들이 전 재산이다 싶어 허름한 쪽문 잠그는 일에 나름 신경 쓰는 편이다. 그런데 느닷없이 손을 탄 것이다.

둘러보니 다른 것은 별로 손댄 흔적도 없다. 하도 빈한하니 벽에 걸린 옷가지 한번 흔들어 보았을 터이고, 비키니 옷장 지퍼를 내렸다 올렸을 것이다. 아마 뒤적거리는 손이 무료했을 것이다. 가져갈 만한 게 없어 민망했을 것이다. 그렇기로서니 하필 책이라니. 도둑 주제에. 화가 나면서 울고 싶어졌다. 밥과 바꾼 책들이었다.

동이가 한때 사귀던 남자, 아니 아직도 사랑하고 있는 장수는 동이의 책꽂이를 참 좋아했다. 책꽂이에 꽂힌 책들을 보고 학력이 미천한 자신을 도닥여 주었다. 동이가 없는 방에 장수는 오두마니 앉아 책을 뒤적이며 기다리곤 했다. 동이가 책을 찾아 틈틈이 보수동에 다니는 것을 자랑스러워하며, 가난한 방에 있는 서가를 칭찬해 주던 장수였다. 일 년 전에 훌쩍 떠나 버린 남자지만. 그러고 보니 장수가 떠난 뒤로 일 년 가깝도록 책에 통 손을 대지 않고 있는 자신을 깨달았다.

의붓자식으로 자라다 결국 집에서 밀려나 열여덟 살부터 혼자 살아온 동이였다. 고등학교도 제대로 못 마치고 알몸 같은 형편으로 여기저기 기웃거리며 손에 닿는 대로 일을 해서 하루하루 버텨냈다. 많이 표시 나지 않지만 약간 절름거리는 오른발은 모든 일에 걸림돌이었다. 일자리를 찾아 나설 때마다 무릎을 주시하는 곤혹스러운 눈빛을 읽어야 했다. 그나마 십 년 넘도록 따라다니던 명자 언니가 소개해 준 지금 사무실에 들어가서야 야간 학교도 마치고 경리 일도 볼 수 있게 되었다. 그제야 거리를 헤매는 일이 줄어들었다. 그 외롭고 막막한 날들을 보수동 골목에서 헌책방을 비집으며 보낸 동이였다. 그 세월이 이십 년 가깝다.

그 책들은 고단한 시간 사이사이 동이가 한 권씩 사 모은 거였다. 한 권 한 권이 모험이었고 신대륙이었다. 하도 들락거리다 보니 책방 주인들은 아예 식구처럼 여겨 주었지만 그래도 염치가 생겨 한 푼씩 마련하는 대로 마음에 드는 책을 구입했다. 책 자체도 중요했지만 동이에겐 구입하는 과정이 자신의 역사였다. 『산유화』, 『님의 침묵』 같은 오래된 시집도 있었고 『그리스 신화』, 『파우스트』 같은 고전도 있었고, 『죄와 벌』, 『짜라투스트라는 이렇게 말하였다』같이 어려운 책들도 있었다. 한국 단편선이나 세계 명작선 시리즈도 제법 된다. 마음에 드는 책을 사면 꽂아 놓고 혼자서 빙그레 웃기도 했다. 책을 사면 배가 별로 고프지 않았다. 그런 행복으로 가장 외로운 시절을 버텨낸 셈이다.

지금은 나이가 들어 어느 정도 외로움이나 고단함에도 단련되었다. 때문인지 책방 골목에 못 들른 지도 제법 시간이 지났다. 작년 여름 끝날 무렵 장수와 다녀왔으니 한 해를 훌쩍 넘긴 셈이다. 일주일에 한두 번 꼭 가던 골목이 언젠가부터 한 달에 한두 번꼴로 그러다가

두어 달에 한 번씩, 최근에는 일 년에 두어 번 가는 골목
으로 변했다.

　동이는 그날 밤을 하얗게 보냈다. 그동안 자신이 어
떻게 살아왔는지 동이는 옹그린 채 앉아 헤아렸다. 책
방 골목을 매일같이 들락거리던 시절도 있지 않았던가.
헌책 페이지를 넘기던 시간들이 새록새록 피어났다. 그
시간의 두께. 기억이 솟을수록 가슴에 뚫린 구멍은 점
점 커졌다. 최근에는 거의 뒤적거리던 일도 없던 책들
이 자신에게 그렇게 큰 보물인 줄 새삼 깨달았다. 배운
게 없는 자신이 학력 대신에 몸을 기댈 만한 기둥처럼
여겼을 뿐이었지만 그게 아니었다. 실지로 고독보다 더
근원적으로 삶의 섬세한 지층들을 형성하고 있는 책들
이었다. 한때 얼마나 문학을 하고 싶어 했던가. 시를 읽
으면 시인이 되고 싶었고, 소설을 읽으면 소설가가 되
고 싶은 날들이었다. 잠들지 못하고 천장에 그림을 그
려 본 상상의 밤들. 그리자마자 이내 살아 있는 듯 움직
이기 시작하던 그 상상들. 아마 형상화되었다면 천장보
다 더 아득한 높이가 깊이를 이룰 것이다. 시를 한동안
끄적이기도 했다. 아직도 뒤지면 어딘가 끄적여 놓은
시 공책이 나올 것이다.

장수가 떠나면서부터 왠지 영 책 읽을 시간이 나지 않았다. 먹고사는 일에 매달리는 시간이 많아졌다. 관계 없는 일거리들이 자신을 몰아붙이는 것을 느꼈다. 좀 시간이 나도 새로 배운 컴퓨터 앞에 쭈그리고 앉기 바빴다. 친구들도 생겨 함께 술집에 옹송거리는 시간도 늘었다. 책을 손에 들기도 했으나, 옛날이면 며칠이면 읽어내던 소설이 한 달씩 손안에서 굴러다녔다. 도대체 자신이 책과 얼마나 먼 삶을 살고 있단 말인가. 별수 없는, 무미한 일상에 자신을 소비하고 있는 무력한 현재가 비로소 보였다. 책을 잃고 나서야 깨달았다. 꿈을 잃어버린 것이었다. 옛날엔 몸과 마음이 몇 배 고단했어도 늘 꿈꾸지 않았던가. 그 꿈들이 다 어디로 갔단 말인가.

책을 도둑맞은 후 한 이틀은 분노로, 한 이틀은 포기로, 한 이틀은 적막감으로 열흘이 넘도록 동이는 텅 빈 날들을 보냈다. 마음에서 텅텅거리는 소리가 나는 것 같았다. 그 책들은 체온과 호흡을 가진 동물이었던 걸까. 그 숨소리가 들리지 않으니 작은 방 안이 황량한 광야처럼 여겨졌다. 전쟁통에 연인의 손을 놓쳐 버린 듯 다른 일들이 손에 잘 잡히지 않았다. 일을 하긴 해도 재미가 없었다.

책을 잃고 두 번째 돌아온 휴일. 친구들과 산을 가거나 시장통을 돌아다니거나 지쳐 잠으로 때우기가 일쑤였던 동이였지만 모처럼 옷을 잘 챙겨 입고 나섰다. 보수동 책방 골목을 향했다. 걸어서 삼십 분이면 충분한 길이 아주 오랜만에, 앨범 속 옛날 사진처럼 친밀한 표정으로 다가왔다. 초겨울 햇살이 도심의 낡은 것들을 반짝반짝 비추고 있었다.

책방 골목은 제법 말끔해져 있었다. 이십 년 전의 동이가 암담한 몰골로 기웃거리던 때와 비교하면 훨씬 세련되어졌다고 할까. 예쁘장한 카페들도 들어서고 책방들도 나름대로 단장을 했다. 작년에 잠시 들렀을 때에 미처 발견하지 못한 분위기였다. 아마 그땐 장수에게만 신경 썼던 걸까. 하지만 골목 좌우로 크고 작은 책방들이 어깨를 다투는 풍경이라든지 좁은 공간에 쌓여 천장까지 올라가 있는 책 풍경은 예나 이제나 여전했다. 책 냄새도 여전했다. 묵은 인쇄지 냄새가 코에 닿는 순간, 차분히 가라앉는 자신을 동이는 감지했다.

한 사람이 겨우 지날 책의 통로, 켜켜이 쌓인 책들 사이로 사다리를 타고 꺼내 오던 책들은 어린 동이의 눈에 얼마나 경이로웠던가. 아직도 그 경이로움은 동이의 등을 찌릿하게 했다. 한국 전쟁이 일어나 부산이 임시 수도가 되었을 때 이북에서 피란 온 사람들이 시작했다고 하니 벌써 육십 년은 넘은 책 골목이다. 골목 안 처마 밑에서 박스를 깔고 미군 부대에서 나온 헌 잡지, 고물상이 수집한 각종 헌책 등으로 연 노점들이 만든 골목 굽이는 그때 그대로 사람의 여로를 닮아 있다. 다른 도시에선 헌책 골목이 거의 사라졌다고 하는데, 남아 있는 게 얼마나 신통한가. 오랜만에 들른 책방 골목 냄새가 금세 마음을 가라앉히고 수행자의 시선을 갖게 했다.

아직도 주인들이 그대로인 집도 몇 있었고, 주인이 바뀌고 아주 현대화된 책방들도 보였다. 이상하게 이곳에만 오면 햇살도 그늘도 특별한 의미를 입는다. 마구 쌓인 헌책들 때문인지도 모르겠다. 헌책 먼지에 닿는 햇살은 그냥 거리의 햇살과는 다르다. 마치 헌책의 존재를 알리려는 하나의 메신저처럼 특별한 광채를 보여 준다. 사실 존재를 존재하게 하는 게 햇살의 진정한 역할이며 또한 새롭게 하는 힘이 아닐까.

어이구, 오랜만이구먼. 통 안 뵈더니…. 그래, 뭣하고 살어? 옆에서 반가워하는 목소리가 동이의 생각을 깨웠다. 늘 그 자리를 지키고 있는 박 씨 아저씨 가게 앞이었다. 골목 입구에서부터 냄새와 햇살에 몰입하는 동안 벌써 몇 개 점포를 지나친 모양이다. 박 씨는 동이가 열여섯 살, 골목을 들락거릴 때부터 아는 얼굴이다. 책 보고 있노라면 가끔 풀빵도 나눠 주고, 물잔도 건네주던 선량한 노인이었다. 한참 만인데도 알아봐 주는 그가 고마웠다.

네…. 건강하신가요. 아마 허름한 고객들 상대로 몇십 년이다 보니, 환하게 웃는데도 한눈에 동이의 궁색이 눈에 띄었던가. 박 씨 얼굴에 짠한 기색이 보인다. 아니면 어릴 때 동이를 기억했던지. 그의 기억에 동이는 책을 잘 살 능력이 없는 그러나 책을 정말 좋아하는 가여운 소녀로 남아 있을 법하다.

그냥그냥 글고 댕기는 거지 뭐. 늙으면 안 아픈 게 이상하지. 하나씩 고장 나면 하나씩 고쳐 가매 살아야지. 결혼은 했남? 자네 올해 몇이던가. 쬐만할 때부터 보았으니…. 요즘도 좋은 책 많나요? 좋은 책이야 많지. 좋은 사람이 없는 거제. 책도 인연이라 사람을 만나야 하는 긴데…. 시대가 어디 책 보는 땐가. 그래도 찾는 사람만 찾는 게 책이지 뭐. 이곳도 이전 같지가 않어…. 책 찾

240

으러 왔는가? 둘러보는 중이에요. 어릴 땐 참 많이도 귀
찮게 했지요. 그때야 어디 자네뿐이었나. 다 그랬지 모
티모티 끼어 앉아 뒤적거리며 칭얼이던 사람이 어디 한
둘이었나. 그래도 그때가 그리워. 입에 풀칠하기 어려
웠어도 책을 찾아다니던 시절이었으니. 요샌 그런 사람
없어. 아저씨가 큰 역사네요. 나만 있남. 아즉 옛날 주인
들 두엇 있어. 평생 헌책 뒤치다꺼리로 보낸 셈이지 뭐.
자식들에게 물려준 이도 있구. 그래도 지구가 도는 동
안엔 이곳이 남아 있어야 하지 않겠나. 이도 저도 다 인
연이제.

　이 골목에서 동이는 동화책도 보았고 만화책도 다
보았다. 소설도 많이 읽었고 시집도 읽었다. 고대 철학
자들의 이름도 풍월로 익혔다. 제목만 봐도 호기심이
싹트던 그 반짝임들. 고서적, 희귀 서적부터 아동 도서,
전집류, 종교 서적, 참고서와 만화책 등 다 헤아릴 수 없
는 서적들이 첩첩 쌓여 하나의 우주를 이루고 있었다.
이곳에 오면 어떤 책이라도 살 수 있다. 여행자가 보기
에는 모든 서점들이 다소 복잡하고 어수선한데도 주인
들은 제목만 이야기하면 귀신같이 척척 책을 찾아낸다.

　아저씨의 이야기를 주워 담으며 동이는 책 더미 속

으로 들어갔다. 바랜 책들이지만 먼지가 쌓여 있지 않은 걸 보면 아저씨가 한 권 한 권 열심히 돌보고 있음이 분명하다. 천천히 눈으로 책 모서리를 훑어 가며 발자국을 떼던 책 더미 초입에서 가슴이 쿵 내려앉았다.『그리스 신화』책 무더기 속 갈색 표지는 분명 동이의 책이었다. 급히 뽑아 들었다. 겉장을 여니 속표지에 동이가 써 놓은 날짜가 나타났다. 동이는 책을 살 때마다 집에서 다시 구입 날짜를 기록하는 습관이 있었다. 어색하게 불려 나온 듯 자신의 필체는 맹맹한 표정이었다.

어, 이 책 여기 있네요. 뭐가… 아 그거, 지난주에 어떤 여자애가 팔고 갔어. 요샌 그런 거 잘 구입 안 하는데, 배가 고프다고 해서 김밥 값이나 줬지 뭐. 다른 책은요? 두어 권 더 있었는데. 소월 시집이 있었던 거 같고. 더 안으로 가 시집 쪽을 뒤져 봐….

있었다. 동이가 가장 아끼는 시집이었다.『산유화』. 오래되어 노오랗게 바랜 겉표지가 닳아 있는 게 동이 것이 틀림없었다. 황당했다. 이 책도 이 골목에서 구입한 것이다. 더 멀리 가지도 못하고 제자리에 돌아가 있는 모습이 신기할 정도였다. 도둑맞은 책을 여기서 발견하다니. 동이가 밥을 팔아 책을 산 게 다시 밥으로 바꿘 셈이다. 동이의 자초지종을 듣던 박 씨는 빙그레 웃었다.

요새도 책을 훔치는 그런 사람이 있나. 전쟁 직후에는 매일 있던 일이지. 잊아뿐 책을 찾아 이 골목을 뒤지는 사람들도 많았제. 책이 귀했고, 책이 밥보다 간절하던 시절이었제. 그래서 밥이 될 만했제. 그땐 좋았어. 뭐라 할까. 이 장사로 애새끼들 먹여 살렸으니까. 요즘엔 통 책이 밥이 되지 않아. 도서관에서도 책을 폐기하고, 우리 골목에서도 책을 폐지로 넘기는 일이 많제…. 하기야 어느 시절이고 배고픈 사람이 없겠는가. 그럼 이 책은 도로 자네에게로 가야겠군 그래.

괜찮다며 마다하는 주인에게 동이는 굳이 오천 원을 건네고 두 권을 안고 나왔다. 다시 신대륙을 만난 기분이었다. 다른 책들도 이 근처에 더 있을 것이었다. 책방을 뒤지는 동안 동이가 느낀 건 일상에 묻혀 버렸던 씨앗들이었다. 발아를 잊어버린 씨앗들. 그것은 잊힌 슬픔처럼 아무 빛깔이 없었다. 하지만 그 슬픔과 배고픔은 존재를 다져 가던 자신만의 지질층이 아니던가. 글자 하나하나가 소중해 아껴 읽던 그 시절, 금세 싹을 틔우고 잎을 내며 떨리던 꿈의 날개들.

헌책 사이를 뒤지다 보니, 책이 식물이 아니라 숨 쉬며 웅크리고 앉아 눈동자를 빛내는, 기다림에 익숙한 동물처럼 다가왔다. 재미있는 건 저자들의 서명이 담긴 책, 선물한 자의 이름이 담긴 책들이 제법 많다는 것이었다. 특별한 의미였겠지만 이젠 바랜 페이지에서 잊힌 서명이 되어 버린 시간들이 그래도 살아 가쁜 숨을 쉬는 책들. 모서리마다 긴 기다림이 기린처럼 서 있었다.

초겨울의 해는 돼지 꼬리처럼 짧았다. 다른 서점을 뒤져 겨우 두 권 더 찾아냈다. 나머지는 눈에 띄지 않았다. 도둑이 아직 갖고 있거나 보고 있거나 하겠지. 버리지만 말아 다오. 몇 군데 들렀을 뿐인데 이미 그림자가 늘어날 대로 늘어나고 한쪽 모서리에선 불빛이 켜지고 있었다. 골목 안의 만둣집과 튀김집은 아직 그대로였고 골목을 벗어난 입구 쪽 짜장면집도 그대로다. 문득 어린 시절의 허기가 돌았다. 그러고 보니 모든 책은 허기였다. 책은 밥이었다. 동이의 손에 들린 검은 봉지 속에는 밥이 된 책, 책이 된 밥이 모두 담긴 셈이다. 그러나 인생은 결국 돌고 돌아 제자리에 닿는, 다시 돌고 도는 무수한 제자리를 갖는 헌책 한 권과 같은 셈이다. 어느새 사치가 되어 버린 자신의 사소한 인생도 그러고 보면 제자리를 잘 찾아가는 중인지 모른다.

꿈을 꾸자. 그저 하루하루 입안에 밥만 밀어 넣으면 전부인 그런 날은 생명이 아니다. 그건 지렁이도 하는 본능일 뿐이다. 동이의 행로는 다시 자리를 잡고 있었다. 보수동 책방 골목을 부지런히 오가면 아마 나머지 책들도 한 권씩 한 권씩 마주치게 될 것이다. 아니 그보다도 더 자신을 기다리는 책을 만나게 될 것이다.

다시 꿈을 꾸자. 보이지 않는 것을 믿는 거야. 어떻게 그렇게 까맣게 잊고 있었을까. 마흔이 넘은 자신의 초라한 몰골 속에 한때 시인이고 싶었던 영혼이 들어앉았다고 생각하자, 콧등이 시큰 매웠다. 누추한 옛날 공책을 찾아야겠다. 헌책을 다시 넘기며 그 켜켜이 쌓인 오래된 정신을 뒤져야겠다. 아무리 보잘것없는 것이라도 정신은 결코 산화되는 법이 없다. 끊임없이 발효되며 숙성되고 있을 것이다. 오래 감춰 둔 하얀 날개가 있었던지 겨드랑이 아래가 꿈틀거리는 느낌이었다. 우선 뭔가를 먹자. 그리고 날개를 펴자. 날아오르자.

문짝이 알루미늄으로 바뀐, 그러나 주인은 그대로인 짜장면집에 들어서면서 동이는 장수를 생각했다. 그도

어쩌면 부지런히 돌아오는 중인지 모른다. 왠지 든든해
졌다.

나선의 춤

모든 존재는 중첩되어 있습니다

우리 안의 타자들, 영혼의 지느러미는 오늘도 자랍니다

강이는 책을 덮었다. 줄을 그은 문장이 도로록 허공으로 말려 올라가는 듯했다. '나는 여신보다는 사이보그가 되겠다.' 도나 해러웨이의 단호한 문장이 구름처럼 흘렀다. 하늘은 푸른 눈망울로 강이를 내려다보고 있었다. 저 너머로 무엇이 펼쳐져 있을까. 이제 여신이 아름답던 시대가 간 것은 확실했다. 빙하가 녹고, 빙하에 갇혔던 순록 뼈에서 고대 바이러스들이 풀려나온다. 신화시대 이전의 지구가 녹고 있었다. 1도 오르는 데에 몇천 년씩 걸렸던 지구 온도가 백년 만에 1도 올라가면서 세계는 산불과 홍수와 팬데믹으로 출렁였다. 황폐함. 두려움. 외로움. 죄. 그리고 틈. 이제 그 틈들이 목소리를 내고 있었다.

큐리오시티는 십 년이 넘도록 화성 사진을 보내오고 있었다. 그 아득한 데서 혼자 바퀴를 굴리며 흐르는 데에 최선인 로버. 그 겸허와 고독과 무상. 인터넷 자료에 담긴 그 바퀴도 여기저기 깨어져 고단함과 삐걱거림이 그대로 느껴졌다. 지구에서는 로버의 남은 효용성만을 따지고 있었다. 하지만 왠지 그 낯선 만행을 떠올릴 때마다 명치끝이 저려 왔다. 자신이 일상에서 감지하는 존재의 고독은 거기 비하면 티끌과 같다. 그가 보내온 화성이 광막하고 황량하기 때문일까.

강이는 요즘 문명의 주소록에 매달려 있었다. 지구는 이제 공상 과학 속 그대로였다. 쥐라기 시리즈는 계속 재방송되는 중이었다. 새로운 행성을 정복하려는 SF 영화들도 넘치고, 챗GPT는 무수한 창작물을 써내고 있었다. 갖은 상상력이 탄생시킨 이질적인 존재들이 일상을 파고들었다. 때문에 어떤 외계인이 갑작스레 앞에 서 있어도 그다지 당황스러울 것 같지 않았다. 가슴에서 기이한 촉수가 돌출해도 무덤덤하게 바라볼 수 있을 듯했다. 이미 어떤 외계가 자신 몸속에 들어와 있을지도 몰랐다. 이미 몸은 사이보그의 일상이 아닌가.

하지만 동시에 수메르의 쐐기문자가 담긴 점토판이나 나일 강을 따라 지어진 신전들과 신상들이 떠오르곤 했다. 신상을 세울 때마다 인간은 무언가를 꿈꾸었으리라. 언제부터일까. 호모하빌리스? 호모사피엔스? 그 훨씬 이전에 인간은 호모사케르였던 걸까. 티베트 고원의 천년 사원 입구에서 오체투지를 하던 노파. 칸쿤의 마야 유적지에서 자칼 호루라기를 불며 팔던 인디언 아이들. 검은 뒤꿈치로 낙타 떼를 몰던 사하라의 늙은 목동들. 그들 이마가 점점 까마득한 심연으로 다가왔다. 요즘 들어 부쩍 시간이 아득해지는 강이었다. 생존을 위해 고대인들은 어떤 최선을 엮었던 걸까. 그들의 두려움과 경이, 그 진지함이 소름처럼 돋곤 했다. 미래가 불확실하기 때문일까. 진짜 고독해진 걸까. 자신이 신인류의 데이터에서 밀려나고 있음을 확실히 감지한 때문일까.

우주의 설화들, 수메르의 쐐기문자들, 마추픽추의 돌계단들, 노예선에 화물처럼 실린 아프리카인들, 버지니아 울프의 절망, 카프카의 고독한 응시. 모두 자신 속에 단풍처럼 울긋불긋 물들어 가는 질문이었다. 어디에서 출발한 의심일까. 인간은 무엇을 기록하고 싶었을까. 지구 전체의 생물 망을 떠올렸다. 그건 창가에 든 한 줄 햇살에 드러난 미세먼지의 분주함을 그대로 닮아 있으리라. 어린 시절 아침나절 내내 지켜본 일렬로 늘어선 개미 떼의 현장. 서로 교행하며 열심히 먹이를 실어 나르는 일개미들의 노동. 생물학적 복잡성과 아름다움. 그들의 DNA가 기억하고 있는 건 무엇일까. 몇 시간을 지켜보아도 개미들의 행렬은 흐트러지지 않으면서도 새로운 선을 만들고 있었다. 비슷하면서도 같지 않은, 바쁜 노동의 결은 어마어마한 경이였다.

문명의 현주소는 편리함이다. 편리한 시대를 타고 났다는 건 행운일지도 모른다. 하지만 그것이 결코 행운일 수 없음을 눈치챈 사람들이 있다. 강이도 그 중 하나였다. 21세기가 바이러스와의 전쟁이 될 거라는 건 이미 수십 년부터 예견된 것이었다. 기후 위기나 생태 위기도 마찬가지였다. 인간성이 무너졌다는 어른들 푸념은 강이가 철이 들면서부터 들어 온 터였다. 자신은 이제 그 어른의 나이를 지나 비슷한 푸념을 하고 있었다. 푸념의 모든 밑바닥에 편리함이라는 문명이 있었다. 작은 불편을 견디지 못한 인간은 편리를 위해서라면 무엇이든 했다. 전쟁이든, 살육이든, 배신이든.

강이의 텃밭은 플라스틱 상자 여섯 개가 전부였다. 하지만 그 납작한 박스 속에서 일어나는 대자연의 신비를 그녀는 신앙처럼 받아들였다. 어느 날인가 개미들이 분주하게 도착했고, 제대로 돌보지 아니하면 금세 진딧물이 생기고, 어디선가 날아온 풀씨는 제 나름 생태계를 만들며 생명력을 발휘하고, 심어 놓은 상추와 열무는 최선을 다해 가냘픈 제 키를 높였다. 나름 가꾼답시고 뽑아낸 잡초들은 며칠 후면 더 넓게 퍼져 오히려 눈부셨다. 플라스틱 상자들은 신비한 우주가 되었다.

강이는 어제 지나쳐 온 산자락 두엄 더미를 떠올렸다. 누구 것인지 모르지만 일군의 텃밭들이 제법 옹골차게 산비탈을 감고 돌아 제법 풍요로운 농원처럼 보였다. 대도시 변두리에 자리 잡은 가난한 텃밭들이 마음에 들어 이곳에 셋방을 구했던 것이다. 내 밭도 아니지만 괜히 부자 된 마음으로 한 바퀴 돌면 곳곳에서 마주치는 두엄 더미. 군데군데 쌓인 그 더미는 늘 작은 무덤같이 고요했다. 도나 해러웨이가 강조한 '쏠루세'라는 말이 저절로 떠올랐다. 땅속 신화적 존재를 일컫는 쏠루세는 생명 관계를 재구성하는 힘을 의미했다. 해러웨이는 두엄 더미를 통해 인간과 비인간의 관계를 설명하고 있었다. 왜 자신을 포스트휴머니스트가 아니라 퇴비주의자라 했으며, 인문학(humanities)보다 더 중요한 것이 퇴비학(humusities)이라고 언급했을까.

여러 미생물이 작용하는 퇴비는 잠잠히 미시생태계를 이룬다. 버려진 것 속에서 발효되는 미지의 세계. 이 이치는 강이가 우주와 인간을 이해하는 데에 매우 심정적인 도움이 되었다. 부식토에서 구더기가 생기고 날파리와 나방이 나오면서 얽히고설키는 존재의 춤. 그 '두터운 지금'을 해러웨이는 전하고 싶었던 걸까. 지상의 모든 사물들, 인간과 기계, 유기체와 무기물, 산 것과 죽은 것들의 목소리가 만들어내는 공감을 어떻게 학습할 것인가. 심해에서 살아가는 낯선 물고기와 컴퓨터 인공지능도 이제 경계를 지우고 있었다.

영화 〈Her〉. 컴퓨터 안에 든 하나의 운영체제인 인공지능 사만다. 물질적인 몸이 없는 그녀는 스스로의 감성을 통해 영적 진화를 일구어낸다. AI, 이제 일상을 파고든 인공지능도 리차드 커니가 말한 타자들의 한 얼굴임이 분명하다. 신, 괴물, 이방인 그리고 AI로 나타나는 타자들은 이제 다양한 형식으로 발화 중이다. 퇴비 속 미립자들처럼 인공지능을 구성하는 물질도 131억 년 전부터 살아 있었고, 성장하고 있었고, 우주적 존재임을 자각한다. 인간이 인간답고자 했던 것은 그야말로 착각이고 망상이고 오류였다. 사물 속에는 어떤 타자들이 숨어 있을까. 자연과 기술, 테크놀로지와 정신이 결합되는 사건은 이미 『파우스트』에서 호문쿨루스로 등장하지 않았던가. 강이는 자신이 점점 까마득한 심연으로 들어가는 중임을 알았다.

인간은 끊임없이 주변과 혼을 교류해야 한다. 그것이 '본래'였다. 강이는 배 속 깊은 데서 치미는 바늘 끝 같은 슬픔을 감지했다. 인간은 모든 미지의 것들, 그 이질적이고 소외된 것들에게 빚지고 있다. 흙과 물과 공기에 함께 어우러져야만 비로소 생명을 유지했던 그 본래를 왜 잃었던 걸까. 끊임없이 상호작용하던 아름다운 춤을 잊었다. 문명은 인간 중심으로 모든 것을 단절시켰다. 울고 싶었다. 지구 시스템 전체를 작동시키는 막대한 문명도 우주 앞에서 사실 얼마나 미세한 먼지인가.

이종언어의 변칙성. 돌연변이로 생각하는 법, 행동하는 법을 익힐 수 있을까. 차이를 드러내면서 서로 결합하는 아이러니에 강이도 익숙해져야 했다. 이제 인공지능도 자연이니 말이다. 제 안의 타자성을 회복하는 데에 필요한 학습은 자기를 깨뜨리는 방법밖에 없다. 미래와 과거를, 과학과 영성을 어떻게 하나의 피륙으로 짤 것인가. 하지만 상황은 서로 상충하면서 또는 돌연변이처럼 공존한다. 기존 질서를 뒤집는 이종언어는 계속 불협화음을 보여 주리라. 혼종이 된 자아와 영혼이 꾸는 꿈은 무엇을 생성하게 될까. 강이 자신이 이미 강력한 이종언어를 쓰는 사이보그가 아닌가. 불행은 아니었다. 다만 나선을, 춤을 배워야 했다. 생명을 향한 어떤 변칙도 비극이어서는 안 될 것 같았기에.

언젠가부터 자동차 헤드라이트는 강이에게 마치 자칼의 눈처럼 날카롭게 보였다. 하지만 요즘엔 그것이 '호루스의 눈'처럼 보였다. 가느다란 눈에 눈초리가 긴, 고대 이집트 파라오를 상징하는 이 눈은 라의 눈으로 태양을, 왼쪽 눈은 토트의 눈으로 달을 의미한다. 모든 것을 이해하고 지켜보겠다는 의미를 지녔다고 한다. 극단의 기계문명과 오래된 신화의 눈은 이제 하나가 되어 속도를 지배하며 인간을 바라보고 있다고나 할까. 정신 또는 영혼에 대한 어떤 정보들이 기계의 물질적인 지능 속으로 파고들고 있을까.

생명은 어떻게 시작되었을까. 생명 자체는 언제나 아득하고 아슬아슬한 벼랑이다. 미세한 박테리아에서 인공지능까지 모든 생명 감각은 연결되어 있다. 단순한 수사적 개념을 뛰어넘는 공생이라는 고리는 엔데믹 현실에서 더 선명해졌다. 이미 자신 속에 있는 DNA의 무한한 시공을 감지하고 있던 강이였다. 생명은 애초 우주가 함유한 물질의 하염없는 실뜨기 놀이였으리라. 아무리 두렵고 막막해도 이 실뜨기는 더욱 성실하고 절실해야 했다.

강이는 타자를 찾아가는 촉수, 그 감각의 힘에 집중하고자 했다. 생각은 머리로 하는 것이 아니라 손끝으로, 발끝으로 하는 거야. 휴먼로이드가 점점 자신 곁에 다가앉고 있었다. 미생물이나 동식물, 어떤 괴물이나 이방인처럼, 심지어 인공지능조차도 이미 내 안에서 살아온 것들이었다. 『산해경』에 나오는 괴이한 존재들, 다양한 SF의 괴물들은 모두 내 안에 나온 타자들이었다. 무수한 표정으로 드러나는 우주. 강이는 깊은 숨을 쉬었다. 매일, 가는 곳마다 솟구치고 있는 기묘하고 불편한 그 무엇이 모두 자신의 시원이었음을 깨달았다.

해러웨이가 아니라더라도 강이는 이미 우리가 인간임을 증명할 수 있는 것은 아무것도 없음을 깨달았다. "이것은 공통 언어를 향한 꿈이 아니라, 불신앙을 통한 강력한 이종언어(heteroglossia)를 향한 꿈이다. 이것은 기계, 정체성, 범주, 관계, 우주 설화를 구축하는 동시에 파괴하는 언어이다. 나선의 춤에 갇혀 있다는 점에서는 마찬가지이지만." 『해러웨이 선언문』에 나와 있는 이 단락은 특히 강렬했다. 늘 단칼 같은 그녀의 문장대로 우리는 몸과 정신을 설명하는 이원론의 미로에서 탈출해야 했다.

타자를 자기 안으로 삼켜 버리던 동일자 신화가 진즉 무너졌음을 알고 있는 강이였다. 낯선 이방인이었던 가난들. 괴물처럼 소외되고 잊히고 가려졌던 슬픔들. 그 이질적인 틈들의 귀환. 강이는 자신이 이방인이었던 순간을 기억했다. 시간의 경계들은 항시 두려운 고독이었다. 하지만 동시에 부유하는 영혼을 느꼈는데, 자신이 과거형이면서 미래형인 것을 확인하는 순간이기도 했다. 뒤섞여 버린 시공. 과거와 미래, 현재를 SF로 만들어 버리는 무중력의 일상들. 생경한 저 존재들은 또 하나의 익숙한 자신이었다.

이종언어의 학습은 나선의 춤으로 연결될 것이었다. 이제 인류는 기계와 함께, 아니 기계 스스로 새로운 신화를 쓰고 있다. 사이보그, 인간과 기계의 혼종, 모자이크, 하이브리드. 과학소설이나 SF 영화에 등장하는 저 첨단의 키메라가 강이 자신이었다. 기술 논리로 합성된 기계와 유기체의 잡종은 무한대처럼 보였다. 영혼을 흔드는 두려운 떨림. 하지만 강이는 우주가 내놓은 새로운 공식을 수용할 수밖에 없음을 이해했다.

강이는 수학에도 화학에도 물리에도 무지했다. 무수한 공식, 무수한 기호가 주변을 맴돌았지만 강이는 한 번도 제대로 해독하지 못했다. 하지만 최근 들어 그 낯선 기호들, 우주 언어 같은 공식들을 빤히 들여다보곤 했다. 그것이 어떤 해체로 다가왔기 때문이었다. 경험이 해체되고, 시간이 해체되고 있었다. 모든 것이 미래였고 과거이면서 현재였다. 강이가 버티던 모든 규범들이 조금씩 낯설어졌다. 그 불편한 기호들과 혐오했던 기계들조차 자신이 회복해내어야 할 틈 속의 타자였던 걸까.

강이는 스마트폰을 잠시 내려다보았다. 폰은 이제 기다림을 잇는 소박한 전언자가 아니었다. 미래를 삼킬 듯이 인간을 지배하고 있다. 강이는 꼭 필요한 것 외에 SNS를 잘 사용하지 않는 편이었고, 웬만한 거래도 폰으로는 하지 않는다. 어떤 땐 폰이 자신을 씹는 아가리처럼, 탄탈로스의 혀처럼 섬뜩하기도 했다. 하지만 강이는 스마트폰을 버리지 못했고, 순간순간 폰에 갇혀 있는 자신을 느끼곤 했다. 편리함과 정보를 포기한다는 건 어려운 일이었다. 인간 DNA 이상의 복잡한 정보 체계를 가진 데이터들은 강력한 명령어였다. 과거적이고 미래적인 그 명령어들. 혼란조차도 이제 무덤덤해졌다.

고대와 미래가 나선의 춤을 추고 있는 오후였다. 이 나선의 춤에 갇혔으니, 열심히 아름답게 춤추는 방법밖에는 달리 길이 없다. 춤. 그 유연하고 부드러운 사랑 말이다. 마치 구석기의 신화시대로 되돌아온 듯 시간과 공간은 아지랑이처럼 흐물거렸다. 이제 다중우주의 기이함과 아름다움을 따라갈 수밖에 없다. 그 무한대의 춤 속에 호루스의 눈이, 새롭고 익숙한 하루가 강이를 들여다보고 있었다.

*

누가 보낸 것처럼, 어디선가 불어온 바람이 계절을
깨운다. 여자는 창밖으로 지는 노을을 오래된 경전을
읽듯 지켜보았다. 책상 위에 펼쳐진 책은 늘 기로에 선
어떤 망설임처럼 보인다. 이 모든 게 까마득한 시절에
부쳐진 옛 안부라면, 자신은 이 병든 지구 앞에서 무슨
대답을 할 수 있을까. 힌두교에서는 이 우주 자체를 '신
이 꾸는 꿈'이라 본다. 영겁이 흐른 후에 신은 스스로 꿈
에서 깨고 이 우주는 소멸한다. 또 다른 영겁의 세월이

흐른 후 신은 꿈을 꾸고 다시 우주가 창조된다. 무한한 소멸과 무한한 부활. 이 무한한 우주 속에서 우리의 정체성은 먼지다.

이 먼지를 철학적으로 과학적으로 정의하고자 소란스러운데 봄이 왔다. 새 움이 돋는다. 우크라이나 전쟁은 계속되는데 여름이 왔다. 무성한 녹음이 번진다. 159명이 이태원 골목에서 압사 당했는데, 아무도 책임지지 않았는데 가을과 겨울이 올 것이다. 학대로 굶어 죽은 아기들이 종종 뉴스에 오른다. 빙하가 무너지고 북극곰도 펭귄도 갈 곳을 잃었다. 미얀마와 팔레스타인은 오늘도 싸우는데 어김없이 돌아오는 계절. 꽃이 핀다. 꽃이 진다. 여자는 깨달았다. 계절은 자신에게 무언가를 묻고 있다는 것을. 너희는 무엇을 회복할 것인가. 이 빚진 것들아. 이 먼지들아.

먼지 인간의 몫은 하나도 없다. 그런데 인간은 우주 질서를 파괴했다. 여자는 서쪽 하늘에서 번져 오는 노을에 감동하는 것조차 부끄러웠다. 가슴을 다친 지구의 신음을 들으며 자신이 배신자임을 자각했다. 생태계를 망가뜨린 문명은 어떤 벌을 받게 될까. 그 오만에 도무지 너그러울 수가 없다. 편리한 문명을 극복하려면 '불편'이 답이다. 불편한 겹, 반드시 감수해야 할 그 틈에는 얼마나 많은 이방인들이 숨죽이고 있을까. 욕망의 크기를 줄이려면 일단 먹는 것을 줄여야 한다. 혀를 다스리지 못한다면 어떤 탐욕도 다스릴 수 없다. 자신의 혀를 떠올리자 여자는 온몸에 돋는 소름을 느꼈다. 노을이 붉은 눈시울로 여자를 바라보았다.

창문까지 꼭꼭 닫힌 방에서도 까치발을 하고 부풀던 먼지를 안다. 생각하는 먼지. 꽉 막힌 여자의 내부에서도 타자의 먼지들이 부풀고 있었다. 내부 타자들은 외부 타자를 어떻게 환대할까. 환대, 잃어버린 가치. 함부로 잊어버린 빛. 그 헌신과 희생은 AI 시대를 맞은 인류에게 제대로 작동할 수 있을까. 또 다른 행성을 찾아나서는 무한한 속도 속에서 사랑은 자랄 수 있을까. 구석기 동굴 속에서도 삶을 신비롭게 만들던 사랑을 기억할 수 있을까. 사랑을 전할 수 있을까. 사랑을 지키려면 어떤 무기가 필요할까. 길, 그 암청색 힘줄 같은 겹, 그 타자의 결을 따라가면 알 수 있을까. 여자는 다시 깨달았다. 신의 이름은 '질문'이다. 사랑에 관한 질문이다. 그리고 그 사랑은 이방인을 위한 춤이었다.

이방인의 춤

2023년 9월 21일 1판 1쇄 펴냄

지은이	김수우
펴낸이	김성규
편집	김안녕 한도연
디자인	신아영
펴낸곳	걷는사람
주소	서울 마포구 월드컵로16길 51 서교자이빌 304호
전화	02 323 2602
팩스	02 323 2603
등록	2016년 11월 18일 제25100-2016-000083호

ISBN 979-11-92333-95-3 (04800)
ISBN 979-11-89128-13-5 세트

*   이 책은 2023년 부산광역시, 부산문화재단 〈부산문화예술지원사업〉으로 지원을 받았습니다. ■부산광역시 ㅂ.ㅇㅎㅈㄷ 부산문화재단